# 身代わり伯爵令嬢だけれど、婚約者代理はご勘弁！　２

登場人物紹介
デュワリエ公爵
国王陛下の右腕とも呼べる役職に就いている若き公爵。王宮内では雰囲気と性格から“暴風雪閣下”とも呼ばれている。
アナベル
貴族らしい高慢な態度が目立つアメルン伯爵令嬢。ミラベルといろいろ画策していたが、デュワリエ公爵との婚約解消が決まっている。
ミラベル
アメルン伯爵家の分家に生まれた貴族令嬢。従姉のアナベルとは瓜二つの姿をしており、ジュエリーブランド“エール”を溺愛している。

フライターク侯爵
王太子から王位継承権を奪取しようと目論む第二王子派の壮年の侯爵。アナベルの新たな婚約者候補としてアメルン伯爵に目をつけられている。
シャルル王太子
未来の国王である王太子。幼少期より病弱であったが、ここ最近はそれがさらに悪化しつつある。
フロランス
ミラベルが初めて出席した社交界でできた友達で、デュワリエ公爵の妹。可憐な見た目をしているが、体が弱く病気がち。

# 目次

# プロローグ

私の名前はミラベル・ド・モンテスパン。アメルン伯爵《はくしゃく》家令嬢だ。

アメルン伯爵令嬢ではない。アメルン伯爵〝家〟令嬢である。

本家でなく分家の娘として生まれた私は、同じ年の従姉《いとこ》であり、本家の伯爵令嬢であるアナベルが大変羨《うらや》ましかった。

流行のドレスに流行の靴、流行の髪型に流行の化粧――その中でも最大限に羨望《せんぼう》を感じたのは、私が大大大好きな宝飾品ブランド〝エール〟の最新作を身につけていることだった。

同じアメルン伯爵家に生まれても、本家と分家では大いに扱いが異なる。

最新のドレスと靴、髪型、宝飾品を手にするアナベルとは違い、私は古いドレスを手直しして着回し、靴は同じ物を履いて、髪型や化粧は侍女が無難にまとめてくれていた。

宝飾品は社交界デビューのときに買ってもらった〝エール〟の一揃《パリュール》えの装身具を身につけ続けている。

〝エール〟の宝飾品は大変すばらしい。けれど、買ってもらった一揃えの装身具は社交界デビューをした娘が身につけるに相応《ふさわ》しい意匠《デザイン》なのだ。しだいに、似合わなくなるだろう。

ちなみに現在、〝エール〟で販売されているのは、社交界に出る女性向けに作られた〝ピュア・ローズ〟シリーズと、社交界デビューから一、二年経《た》った女性向けに作られた〝エレガント・リリィ〟シリーズがある。

そろそろ〝エレガント・リリィ〟の装身具を身につけてもいいのではないか。父親に懇願してみるも、答えは「否《いな》」。

分家である我が家は、経済的余裕なんてまったくないのだという。新しい社交期《シーズン》を迎えるための宝飾品でさえ、購入できないのだ。

アナベルは月に一回はドレスや靴、装身具などを買い直しているという。本家と分家で、どうしてこうも暮らしが違うものか。

アメルン伯爵である伯父《おじ》と、父は一卵性の双子《ふたご》だ。産まれるのがたった数秒異なるだけで、人生は天と地ほども違うのだ。

ちなみに、伯母《おば》と母も一卵性の双子である。そのため、アナベルと私の遺伝子はほぼ同じ。顔も双子のようにそっくりだった。

そのため、小さなときはアナベルと服を入れ替えて、大人を騙《だま》す遊びをしていた。

今でも、アナベルのもの真似は得意である。

そんな中で、アナベルが驚くべき交渉を私に持ちかけたのだ。社交界の付き合いに飽《あ》き飽きしたので、代わりに参加してくれないか、と。

美しいドレスに身を包んでパーティーに参加するなんて、絶対に楽しいに決まっている。けれど、そんなことなど許されないだろう。

けれども、アナベルの「絶対に大丈夫」という後押しもあって、私はアナベルの身代わりを務めることとなった。

初めてアナベルとして参加したパーティーは、控えめに言っても最高だった。おいしい料理においしいお菓子、香り高い紅茶に、ウィットに富んだ会話が行き交う会場。

何もかもが新鮮で、すばらしい。皆、アナベルと関係を作りたいのだろう。次から次へと話しかけられて、戸惑《とまど》うほどだった。

こんな楽しいひとときに飽き飽きしてしまうなんて。

私は心から、アナベルの身代わりを楽しんでいた。

そんな中で、アナベルの婚約者が決定する。相手はなんと、国内でも三本指に入るほどの名家の出身であるデュワリエ公爵《こうしゃく》だという。

そろそろ身代わりも潮時《しおどき》だろう。そう思っていたのに、アナベルは予想を遥《はる》かに超える提案をしてきたのだ。

デュワリエ公爵と婚約破棄《はき》をする手伝いをしてほしい、と。

なんでも、先日のパーティーでデュワリエ公爵はアナベルを颯爽《さっそう》と無視したらしい。アナベルは激怒し、結婚なんてするものか！　と怒りを露《あら》わにしていた。

ただ、婚約破棄するのではつまらない。アナベルへの好意が最大限になったところで、手ひどく振りたい。そんな末恐ろしい計画を立てていた。

もともと、デュワリエ公爵とアナベルの結婚は先代同士が賭《か》け事をした末に決めた約束だった。家同士が繋《つな》がる旨《うま》みはあまりない。

それに、今の伯爵家では公爵家に嫁ぐために必要な持参金を用意するのは難しいだろう。そんなわけで、別に婚約が破棄されても構わないのだという。

アナベルがどうしてもしたいと望むのならば、私は止めやしない。

問題は、この先だった。

アナベルは私に、「デュワリエ公爵をメロメロにしてきなさい」と尊大な態度で命じたのである。

無理無理無理、絶対無理だと訴えても、アナベルは「できるわ」と言って聞かない。その自信はどこからやってくるものか。今世紀最大の謎《なぞ》である。

アナベルのもとから逃げ去ろうとしたとき、思いがけない提案が挙げられる。なんと、デュワリエ公爵をメロメロにした暁《あかつき》には、買ったばかりの〝エール〟の装身具をくれると言うのだ。

喉《のど》から手が出るほど欲しかった〝エール〟の新作に、私は特に深く考えずに飛びついてしまった。

そんなわけで、私はアナベルが考えた〝デュワリエ公爵をメロメロにした挙《あ》げ句《く》、婚約破棄をする〟という計画に加担《かたん》することとなった。

私はこれまでにないほど、やる気に満ちあふれていた。すぐにメロメロにして、〝エール〟の宝飾品を手にしてやる。などと、軽く考えていたのだ。

しかしそれも、すぐに後悔となる。

初めて対峙《たいじ》したデュワリエ公爵は人を殺せそうなほど鋭く、冷たい目線で私を見下ろしていた。近寄りがたい人物で、〝暴風雪閣下《ぼうふうせつかっか》〟と呼ばれていることは知っていた。けれど、常識の範囲内での恐ろしさだと思い込んでいたのだ。

想像の倍……いいや、百万倍は恐ろしかった。

私が声をかけた瞬間、彼の背後に暴風雪が見えたのは気のせいではないだろう。それほどに、冷え切った目で私を見下ろしていたのだ。

年の頃は二十代前半くらいか。背はスラリと高く、スタイルは抜群。

珍しい銀色の髪はシャンデリアに照らされて、ダイヤモンドみたいにキラキラ輝いている。紫《むらさき》色の切れ長の瞳《ひとみ》は美しいが、剣呑《けんのん》な空気を纏《まと》っていた。

美術館にある神々の彫刻のように整った顔立ちであるものの、目と目が合っていると萎縮《いしゅく》感を覚える。きっと、神様に出会ったときも人はこんな感じになるのだろう。

今すぐにでも逃げ出したい。そう思っていたが、脳裏《のうり》にちらつくのは〝エール〟の装身具。

天秤《てんびん》が、揺れる。ここでアナベルの身代わりをやりきって報酬《ほうしゅう》を手にするか、それとも逃げるか。

ぐらぐらと揺れに揺れた結果、私はこの場に留まる。

容姿、家柄《いえがら》と申し分ないデュワリエ公爵を前に、私はアナベルの身代わりとしてのプロ根性を見せたのだ。

堂々とデュワリエ公爵に話しかけ、強い印象を残すことに成功した。

ただ想定外だったのは、デュワリエ公爵の前で〝エール〟について語り倒してしまった件について。完全に、我を忘れていた。

この一件がきっかけで、デュワリエ公爵は私を「面白い女だ」と思うようになったのかもしれない。絶対に、間違いないだろう。

こんな感じで不完全なアナベルの身代わりを務めつつ、メロメロ作戦を実行していたのだが――しだいにデュワリエ公爵に特別な想《おも》いを抱くようになった。彼を前にすると、どうにも落ち着かない。それとは別に、デュワリエ公爵との付き合いを深めていくうちに罪悪感を覚えるようになった。

このまま身代わりを務めるのは、良心が痛む。

アナベルと話し合い、もう止《や》めようと決めた。

拒否すると思いきや、アナベルは受け入れてくれた。

なんでも、デュワリエ公爵との婚約は近いうちに解消されるようだ。アナベルの父が、他の候補を立てているらしい。

フライターク侯爵《こうしゃく》という、第二王子を支持する貴族だという。なんでも、病弱な王太子殿下から王位継承権を奪取しようと目論《もくろ》む一味らしい。

アナベルと結婚することにより、第二王子が即位した際に重要なポジションに収まる約束をしているのだと予想している。

仮にそれがデュワリエ公爵にバレたら、アメルン伯爵家は一家凋落《ちょうらく》まで追い詰められてしまうだろう。

アナベルは父親の野望を阻止《そし》するため、修道院に行く決意まで固めていた。

必死になって引き留め、とりあえずデュワリエ公爵との婚約をどうにかしようという話になった。

アナベルの身代わりをするのは最後だと思いながら、夜会を舞台に婚約破棄を行う。

デュワリエ公爵に他に想いを寄せる男性がいるから、婚約破棄してほしいと懇願した。

貞淑《ていしゅく》に振る舞えない女性は、デュワリエ公爵の妻としてふさわしくないだろう。そう思っていたのに、デュワリエ公爵は婚約破棄を受け入れなかった。

さらに、想いを寄せる人がいるという嘘《うそ》を見抜かれた。

おまけにフライターク侯爵との婚約話も、アナベルの父親の野望も、洗いざらい知られてしまった。けれども、デュワリエ公爵は怒らなかった上に、どうにかしてくれるという。

デュワリエ公爵が味方についてくれた！

喜んでいたのもつかの間の話。

アナベルから「もしも、デュワリエ公爵と結婚することになったら、ミラベルが責任を持って結婚するように」と言われてしまった。なんと父も了承しているという。

デュワリエ公爵と結婚なんてとんでもない。

そう思っていたのに、思いがけない指摘をアナベルから受ける。

デュワリエ公爵に恋をしているのだろう、と。

今になって、私は自分の気持ちに気付いた。

たしかに、私はデュワリエ公爵を好きになっているのだろう。

けれど、けれども、恋心と結婚したいという気持ちは別である。

アナベルみたいな淑女《しゅくじょ》教育なんて受けていないのに、公爵家になんて嫁《とつ》げるわけがない。

そもそも、我が家には持参金がないだろう。

アナベルは「どうにかなるわよ」と他人事《ひとごと》のように言っていた。

絶対に、絶対に、デュワリエ公爵となんか結婚なんてしてやるものか！

そう叫んでも、アナベルに「諦《あきら》めて、腹を括《くく》りなさい」と言われる始末。

もう、デュワリエ公爵との結婚は回避できないところまできているの？

嘘だ！　誰か、嘘だと言ってほしい。

どうしてこうなったのだと、頭を抱えてしまった。

# 第一話目だけれど、転職します！

ここ数日、デュワリエ公爵からの呼び出しもなく、平和な日々を過ごしていた。

デュワリエ公爵は忙しいようで、私と会う暇《ひま》はないようだ。

ただ、手紙は結構な頻度《ひんど》で届く。私にここ最近の動きを報告するようにと、指示を送ってくるのだ。デュワリエ公爵に報告する出来事なんてあるわけがない。

だから、今日はクッキーを作ったとか、本を読んだとか、そういうなんてことのない報告をしている。

しようもない報告ばかりで、「もういい」と言われるだろうと思っていたのに、もっとそういう内容の手紙を寄越せと言われてしまった。どうやら、私の平和でありきたりな日常をお気に召したらしい。仕方がないと思いつつ、デュワリエ公爵に手紙を書く毎日であった。

一方で、アナベルはといえば、父親と喧嘩《けんか》中であることもあり、社交界の付き合いを一時的に休んでいるらしい。

俗にいう争議行為《ストライキ》というわけだ。

アナベルの身代わりをしなくてよくなったので、安堵《あんど》している。

以前までは無邪気《むじゃき》に社交界の活動を楽しんでいたものの、今は以前のように楽しむ気持ちはない。

だって、社交界は恐ろしい場所だ。

デュワリエ公爵と婚約しているだけで妬《ねた》まれたり、泥棒猫とばかりに詰《なじ》られて頬《ほお》を引っかかれたり、家柄しか見ない人々の下心を感じさせられたり。

上流階級の付き合いは華《はな》やかで、おいしいお菓子やお茶が楽しめる素晴らしい場所だ。しかしながら、深く知れば知るほど針のむしろに座るような気分になる。

デュワリエ公爵が守ってくれたおかげで、私は平穏《へいおん》無事に過ごしているのだろう。その点は、大いに感謝しなければならない。

ここ最近は、アナベルと一緒に慈善活動を行っている。

先日は広場で行われたバザーに参加した。そこは月に数回開催されているもので、主な客層は労働者階級だ。

そこで、私とアナベルそしてシビルは手作りの装身具を作って販売した。

使ったのは、宝石を模したカラーガラス。これを台座《カボション》に填《は》め込み、チェーンに繋げて作ったものである。

以前、デュワリエ公爵がガラスの宝石があしらわれたオルゴールを贈ってくれたのをきっかけに、興味を持ったのだ。アナベルやシビルと一緒に材料を買い付けにいき、デザイン画を作るところから始めた。

意外に楽しくて、夢中になってしまったのだ。

シビルは「遠くから見たら本物みたい」と褒《ほ》めてくれる。アナベルは「どこから見ても偽物《にせもの》じゃない」と言っていたが、アイデア自体は悪くないと言ってくれた。

バザー当日、ガラスの宝石で作った装身具は思いがけない層にヒットする。

子ども向けに作ったのだが、意外や意外。大人の女性にも売れた。

ガラスといえど、見た目は美しい。偽物でもきれいなことには変わりない。

気分をよくした私は、装身具作りにのめり込んだ。

それから数回バザーに参加したが、いずれも完売。

そうこうしているうちに、中央街にある雑貨店からカラーガラスの装身具を委託販売しないかという申し出があった。そこは年若い女性に人気のお店で、私もシビルと何度か足を運んだ覚えがある。商品がお店で販売されるなんて、またとないチャンスである。二つ返事で了承した。

ブランド名を決めてくれと言われたので、頭を悩ませる。

私の作る装身具は、〝エール〟に大いなる影響を受けている。独立したブランド名なんて付けていいものか。

一度アナベルに相談してみたら、「ミラベルの作る装身具が〝エール〟の影響を受けているなんて、わからないわよ」と言ってくれた。自信を持ちなさいと背中を押してくれたのだ。

そんなわけで、ブランド名を考えた結果――〝ミミ〟と名付けた。

意味は子猫や子犬、赤ちゃんなどの小さな存在に対して感じる「最大限の可愛《かわい》い」という意味である。

宝石に匹敵《ひってき》する美しさはないものの、小さなものは小さなものにしかない可愛さがある。それを、売りにしたい。そんな願いを込めて名付けた。

〝ミミ〟の装身具の売り上げは、バザーで売ったものは寄付し、雑貨店で売ったものは私の懐《ふところ》に。材料費を抜いた売り上げは微々《びび》たるものであるが、それでも自分で稼《かせ》いだお金を手にするのは嬉《うれ》しかった。

〝ミミ〟の売り上げをせっせと貯《た》めて、いつか〝エール〟の装身具を購入したい。お金が貯まるころには、〝エール〟の〝ピュア・ローズ〟と〝エレガント・リリィ〟、どちらも対象年齢外になってしまうかもしれないが……。

しかしながら、眺めるだけでも幸せになれる。自分の力だけで手にした〝エール〟の装身具は宝物になること間違いなしだろう。

思いがけず、新しい夢ができてしまった。

◇◇◇

〝ミミ〟の装身具を作ったり、デュワリエ公爵への手紙を書いたりと忙しい日々を過ごしていたところに、久しぶりにアナベルから呼び出しを受ける。

もしや争議行為が終了し、社交界の付き合いを再開させるつもりなのか。

もう、デュワリエ公爵の前以外でアナベルのフリを続けるつもりはない。彼女が恐ろしくても、きちんと意見をしなければ。

たのもー！　と心の中で叫びながら、アナベルの私室の扉《とびら》を開いた。

アナベルは余裕綽々《よゆうしゃくしゃく》の態度で、口元に扇《おうぎ》をあて目元をスッと細める。

珍しい微笑《ほほえ》みに、警戒してしまった。

「アナベル、な、なんの用事なの？」

「何よ、その態度は」

「いや、だって、アナベルってば無茶振りばかり私にするじゃない」

「今日は違うわよ」

アナベルはテーブルの上にあった手紙を手にして、左右に振ってみせる。

手紙といえば、イヤな記憶しかなかった。

「そ、そちらのお手紙は？」

「ほんのお礼よ」

「お礼!?」

アナベルはそう言って、一通の封筒を差し出してくる。

「──え⁉」

手に取った封筒には、〝エール〟の紋章が印刷されていた。

宛名《あてな》には、〝ミラベル・ド・モンテスパン〟と書かれている。

「これ、なんなの⁉」

「〝エール〟の工房の、雑用係の採用通知よ」

「ええっ⁉」

アナベルの言葉に、耳を疑う。まさか、そんなものに応募していたなんて。

「最近、装身具作りにハマっているでしょう？　どうせ作るならば、独学よりも専門家のもとで勉強したほうがいいのではと思って」

「あ、そ、そうだったんだ」

まさか、アナベルがそんなふうに考えてくれていたなんて。

身代わりを押しつけにきたんだと決めつけてしまった件を、心の中で真摯《しんし》に詫《わ》びる。

「あなたがいつも話している〝エール〟への気持ちを、書き綴《つづ》ったの。そうしたら、採用が決まったみたい」

「え……う、嘘、でしょう？」

私が〝エール〟で採用されるなんて。手紙にある〝エール〟の文字を、穴があきそうなくらい見つめてしまった。

「まあ、とは言っても、雑用係だから」

「それでも、嬉しい！」

すでに開封してある手紙を、震える手で開く。信じがたい気持ちで、文字を追った。なんでも、すぐにでも来てほしいとのこと。

アナベルが言っていたとおり、私を〝エール〟の雑用係として採用すると書いてあった。

「あ、ありがとう。アナベル。本当に、ありがとう」

喜びが、涙となってこみ上げてくる。〝エール〟の工房で働けるなんて、夢のようだ。

「こんなことしかできなくて、ごめんなさいね」

「ううん、最高の贈り物だよ！」

「だったら、よかったわ」

〝エール〟に関わる職人の傍《そば》で仕事ができるなんて、最高だろう。

さっそくお礼状を出す。歓迎するという返信が、すぐに届いた。

来週から〝エール〟で働くこととなった。

◇◇◇

あっという間に、〝エール〟へ初出勤する日を迎えた。

なかなか厳しい規律があるようで、工房に行く前に分厚い冊子が届いた。

なんでも、〝エール〟で働いていることは、家族以外に言ってはいけないらしい。さらに、社内で交わされた会話の内容も、一言たりとも漏らしてはいけないと。

せっかく〝エール〟に採用されたのに、フロランスに話すことも許されないようだ。

残念だけれど、黙っておくしかない。

他にも家名は名乗らず、名前も愛称でいい、という決まりがあるようだ。

〝エール〟には身分など関係なく、多くの人が働いている。そのため、生まれや育ちによって相手を評価しないよう、名乗らないようにしているようだ。

私は、〝ミラ〟と名乗ることに決めた。

制服も支給された。メイドが着ているような、丈の長いエプロンドレスである。髪型も、女性は三つ編みに眼鏡《めがね》と決まっているらしい。

眼鏡は、宝石の加工中の粉塵《ふんじん》が目に入らないようにするためなのだとか。三つ編みだったら、どんな形でもいいらしい。私はおさげにしてみた。

驚くほど垢《あか》抜けないが、働きに行くので垢抜ける必要はまったくないだろう。

化粧も禁じられているため、ますます地味に拍車《はくしゃ》がかかっている。

でもまあ、最近アナベル役をするために濃い化粧を続けていたので、肌のためにも、すっぴんでいるのはいいことなのかもしれない。

〝エール〟の工房は一等地にあって、宮殿のような豪奢《ごうしゃ》な建物に違いない。そう信じて疑わなかったが、住所は労働者階級の人達が多く暮らす中央街であった。

中央街に貴族が立ち入るような建物などあったか。首を傾《かし》げながら向かった先には、三階建ての年季が入った赤煉瓦《あかれんが》の建物がある。

「ここが、〝エール〟の工房⁉」

思わず、独りごちてしまう。それほどに、衝撃《しょうげき》的だったのだ。

看板も出ていない。ここではないのかもしれないと思いつつも、三階建ての赤煉瓦の建物はこれしかないように思える。

戦々恐々《せんせんきょうきょう》としながらも、中へと入ってみた。扉は固く、最初は鍵《かぎ》がかかっているのではないかと思った。扉を叩《たた》いても誰もやってこない。

お行儀は悪いが、壁に足を突いて扉を引っ張った。すると、勢いよく開く。

「はあ、はあ、はあ、はあ！」

扉を開けるだけなのに、なぜここまで疲れているのか。息を整えてから、中へと入った。

外見はともかくとして、中は豪華絢爛《けんらん》な内装なのではと思ったが――内部も外観同様年季が入っている。絶対に、築百年以上経っているだろう。

廊下に足を踏み入れると、ギシ、ギシと床が軋《きし》んでいる。本当にここは〝エール〟の工房なのか。不安ばかりが募《つの》る。

事務所のような部屋にたどり着いた。中には人がいたので、ホッと胸をなで下ろす。

「あの～、ごめんください」

今日から入社する新人だと言うと、「ああ、君が！」と返された。

「よくぞ来てくれた。ささ、こちらに座って」

五十歳前後のおじさんが、自分が座っていた椅子《いす》を勧《すす》めてくれた。腰かけると、おじさんのぬくもりをほんのりと感じてしまう。

「お茶を淹《い》れてこようか」

「あの、どうかお気遣いなく～」

私の言葉を聞く前に、おじさんは急ぎ足で去ってしまった。

周囲をキョロキョロと見回すと、〝エール〟のパンフレットを発見した。他にも、新作を描いたポスターや街で配るチラシが乱雑に置かれている。

どうやらここは本当に、〝エール〟の工房のようだ。

貴族御用達《ごようたし》のブランドなのに、建物自体は非常に古く、質素だ。

なんというか、不思議な会社だ。

ぼんやりすること十分《じゅっぷん》。おじさんが紅茶を持ってきてくれた。カップの縁に、細長いクッキーも置いてある。

「ささ、どうぞ」

「ありがとうございます。いただきます」

紅茶の熱で温められたクッキーは、とってもおいしかった。

昨日の残りだとおじさんは言っていたが、お菓子は作ってから少し時間が経っているほうがバターや砂糖が生地に馴染《なじ》んでおいしい気がする。

おじさんは事務仕事を担《にな》っているようで、毎日忙しいようだが〝エール〟で働く時間は充実しているという。

「うちは利益を第一に考えずに、お客さんと従業員、そして商品の品質を大事にしているんだよ」

「そういう考えが、〝エール〟の人気に繋がっているのでしょうね」

「私もそうだと思っているよ」

話を聞いている限り、従業員同士の仲はいいようだ。内部がギスギスしていたらどうしようかと心配だったが、杞憂《きゆう》で終わりそうだ。

「そういえば、雑用係ってどんなお仕事をするのですか?」

「たしか、工房長の専属雑用係だったような」

「せ、専属の雑用係、ですか?」

工房長の部屋の掃除をしたり、お茶やお菓子を運んだりする極《きわ》めてシンプルな仕事だという。

きちんとこなせるだろうか。心配になった。

「それ以外にも仕事はあるようだから、詳《くわ》しい話はこれからやってくる人に聞いてくれ」

「わかりました」

紅茶を飲み終わったころに、上背がある赤毛の女性がやってきた。おさげ髪の私と異なり、三つ編みにした髪の毛を後頭部でお団子《だんご》状にまとめている。年の頃は二十代半ばくらいか。猫を思わせるぱっちりとした瞳に、頬に散ったそばかすが可愛い女性である。

「ようこそ、新人さん。私はカナン」

「初めまして、私はミラべ……ミラです」

差し出された手を、ぎゅっと握り返す。これから業務について説明してくれるらしい。

「雑用は、ほぼ掃除だね。工房長の周囲は特に散らかっているから、こまめに掃除をしてくれるとありがたい」

矢継《やつ》ぎ早《ばや》に説明してくれる。なんというか、サバサバした気のいいお姉さん、というイメージである。

「と、こんなもんかな。今の説明でわかった？」

「はい」

慈善活動をする中で、養護院で掃除の仕方を習った。シスター仕込みの掃除の秘技を、見せるときがやってきたようだ。

続いて、工房長を紹介してくれるという。なんでも、〝エール〟のデザインのすべては、工房長が引き受けているらしい。

「じゃあ、こっち。ついてきて」

「はい」

ギシギシ音を鳴らしながら、廊下を歩いて行く。

私が大好きな装身具を作った人と会えるのだ。ドキドキと、胸が高鳴ってしまう。

いったい、どんな人なのか。公《おおやけ》の場には一度も出ないので、その姿はヴェールに包まれている。

私は個人的に若い女性なのではないか、と思っている。

これまで誰も考えもしなかった社交界デビュー用の装身具を作るなんて、普通は思いつかないだろう。きっと、実際に社交界デビューのときに、既製品の装身具が似合わなかった経験があるに違いない。

〝エール〟の工房が貴族街ではなく、中央街にあるのも出資者がいなかったからだろうか。

と、歩きながら妄想《もうそう》ばかり膨《ふく》らんでいく。

工房長の部屋があるのは、三階。カナンさんは振り返り、そっと耳打ちする。

「工房長はちょっとこだわりが強いというか、変わり者というか。キツイ言動をすることがあって、なかなか人が続かないんだ」

「は、はあ」

「工房長のことを、末永くよろしくね」

末永くよろしくと言われても、人付き合いに関してはあまり自信がない。けれど、頑張るしかないのだろう。

工房長がどんな人であれ、私は誠心誠意お仕えするつもりである。

カナンさんは扉を叩き、部屋にいる工房長へ声をかけた。

「工房長、新人さんを連れてきました」

返事はないが、カナンさんは勝手に扉を開いた。

工房長室とは思えない、小さな部屋に〝エール〟の創始者であり、デザイナーである人物がいた。

昼間なのにカーテンは閉ざされ、部屋の中は薄暗い。

執務机に置かれた灯《あか》りが、工房長を照らす。

意外や意外。〝エール〟の工房長は、とても若かった。銀髪にアメシストの瞳を持つ、見目麗《みめうるわ》しい男性である。年頃は二十歳《はたち》過ぎくらいか。社交界で話題を独占しそうな美貌《びぼう》だろう。

私のよく知る人に、けっこう似ていた。

いや、似ているどころではない。

「――ッ!?」

大きな声をあげそうになったが、なんとか飲み込む。全身、ぶわりと鳥肌《とりはだ》が立った。こんな偶然が、あるのだろうか。

なんと、〝エール〟の工房長は――デュワリエ公爵だった！

「工房長、彼女の名前は――」

「いいえ、必要ありません。どうせ、すぐに辞《や》めるでしょうから」

暴風雪が、ピュウピュウと吹き荒れる。間違いない。彼は、デュワリエ公爵だろう。

それにしても、驚いた。まさか、デュワリエ公爵が〝エール〟に関わっていたなんて。

回れ右をして逃げ出したかったが、ふと気付く。今の私は、アナベル風の濃い化粧をしていない。

地味の化身《けしん》みたいな姿である。同一人物だと結び付けるのは、極めて困難だろう。

フロランスだって、厚化粧の私に気付かなかった。だから、きっと大丈夫《だいじょうぶ》だろう。

震えが、止まらない。久しぶりだ。デュワリエ公爵を前にしてガクブルしてしまうなんて。

もう慣れたかと思っていたものの、ぜんぜんそんなことはない。そう錯覚していたのは、アナベルになりきっていたからなのだろう。アナベルの強い心臓が、心から羨ましいと思ってしまった。

カナンさんにポンと肩を叩かれ、悲鳴をあげそうになる。

「あの、ミラさん、大丈夫？」

「ひゃっ――――っ、は、はい、大丈夫、です」

ばれないよう、高めの声を意識してみる。

ちらりとデュワリエ公爵を見たが、興味ありませんとばかりに目も合わせようとしない。

「が、頑張りますので、よろしくお願いいたしますぅ！」

媚《こ》びへつらうような感じで挨拶《あいさつ》してみた。もちろん、デュワリエ公爵は無視である。

これでいい。そう思いながら、部屋を出た。

カナンさんのあとを、トボトボと歩いて行く。

どうしてこうなったのか。誰も、答えてはくれない。

「はあ」

ため息をついたら、カナンさんが振り返る。眉尻《まゆじり》を下げ、申し訳なさそうに言った。

「工房長はみんなにあんな態度なんだよ。気にすることはない」

「ありがとうございます」

「さて、仕事を始めないとね」

カナンさんは普段、デュワリエ公爵が完成させたデザイン画の原型作りをしているらしい。

もともとは事務担当として〝エール〟に入ったが、手先の器用さを見込まれて職人になったようだ。そのため、暇を持て余したときは事務所の手伝いをすることもあるという。

私についていろいろ詳しいのも、その辺の事情があるからなのだろう。

「えーっと、原型作りというのは、どういう作業なのでしょうか?」

「デザインを立体化させる仕事だよ」

「へえ」

私も〝ミミ〟の装身具を作るときにデザイン画を作っていた。しかし、そのあとはデザインに近い既製品の台座やチェーンを使って完成させるばかりであった。

〝エール〟では、デュワリエ公爵の描いたデザインを元に、型から作っているようだ。

この製法を、鋳造《ちゅうぞう》製法と呼んでいるらしい。

「もうひとつ、あるんだよ」

それは、金属を溶かして叩いたり伸ばしたりして作るものだという。世界でただひとつのオーダーメイドの装身具が完成するという。

「これは、鍛造《たんぞう》製法と呼ぶんだ」

現在、エールではオーダーメイドの装身具は受け付けていない。鋳造製法で作られた装身具のみ販売しているようだ。

「装身具は絶対に鍛造のほうがいいってこだわる人が多いけれど、〝エール〟の装身具は身につける期間が十代から二十代半ばと想定されているからね。鋳造で作ることによって費用を最大まで抑えて、なるべく安価で売るようにしているんだ」

それでも、人気で新作はすぐに売り切れてしまう。また、私の実家のような貧乏貴族にとっては決して安い値段設定ではない。

悲しい現実に、明後日《あさって》の方向を向いてしまう。

「他に何か質問はある?」

「原型を作ったあとは、どうするのですか?」

「石膏《せっこう》型を作って、それに溶かした金属を流し込むんだ」

「なるほど。お菓子の生地を型に流し込むような感じで作るのですね」

「ああ、そうだね。そう言ったら、わかりやすい」

他にもこの工房では、鑑定士による石の選別や熟練の職人によるカットを行っているという。そのあとは鍛造した地金の形を整える磨《みが》きの工程に、宝石を装身具に付ける石留め、最後にデュワリエ公爵の検品作業が絶対に入るようだ。

「工房長が歪《ゆが》みを見つけた装身具は、その場で破棄されるんだ。だから、ここで働く人達は一切仕事に妥協しない」

こういうこだわりのひとつひとつが、〝エール〟の人気に繋がっているのだろう。

話を聞いていると、胸が熱くなってしまう。

「私の工房を見せてあげるよ。こっちにおいで」

なんでも、新作のデザイン画があるらしい。

「わ、私が見ても、大丈夫なのですか？」

「うん、大丈夫。ミラさんの〝エール〟への愛が詰まった文章は、読ませてもらったから。きっと、口外したり、デザインを盗んだりしないって、信じているよ」

なんでも、あまりにも熱烈だったので、工房内の皆で回し読みされたらしい。

完全に、黒歴史である。アナベルが書いたものとはいえ、発言したのはすべて私だ。ただそのおかげでこうして〝エール〟で働けるので、文句なんて言えたものではないが。

それにしても、デュワリエ公爵が〝エール〟のデザイナー兼工房長だったなんて驚いた。

と、ここでふと記憶が甦《よみがえ》る。

デュワリエ公爵と初対面を果たした際に、私は〝エール〟について語りまくった。彼がデザイナーであるとは知らなかったとはいえ、大変恥《は》ずかしい。

珍しく、デュワリエ公爵が驚いたような表情をしていたが、それも無理はないのだろう。婚約者が、自分がデザインした装身具を突然大絶賛したのだから。

ああ、穴が入ったら入りたい。もう二度と、デュワリエ公爵の前で〝エール〟の話なんてできないだろう。

「しかし、工房長はなぜ、装身具のブランドを立ち上げたのですか？」

「最初は、妹さんのためだったんだって」

「そうだったのですね！」

フロランスの社交界デビューの準備をする際に、宝石商をいくつか呼んだらしい。しかし、持ってくるペンダントや耳飾りは、どれもフロランスに似合っていなかったという。

装身具の多くは、大人の女性を美しく見せる物である。当時のフロランスに似合うわけがなかったのだ。

業《ごう》を煮《に》やしたデュワリエ公爵は、自らペンを取って「こういう装身具を探してこい！」と命じた。

だがしかし、要望通りの意匠はどこのお店も取り扱っていなかったと。

最終的に、デュワリエ公爵の描いたデザイン画をもとに、オーダーメイドするのはどうか、という意見があがったのだとか。

ど素人《しろうと》のデザインだからとデュワリエ公爵は反対したが、フロランスが賛成したので作られることとなった。

結果、オーダーメイドで完成した装身具は、驚くほどフロランスに似合っていた。

社交界デビューを嫌がっていたフロランスであったが、デュワリエ公爵から贈られた装身具を身につけていると、勇気がでると言っていたらしい。

その後、フロランスが身につけていた首飾りや耳飾りが社交界で評判となり、宝石商に問い合わせが相次いだという。いっそのこと、商会を立ち上げたらどうかという意見が宝石商サイドから挙がったのだとか。

困惑《こんわく》するデュワリエ公爵にフロランスが「他の貴族令嬢の勇気にもなるはず」と背中を押すような発言をした。それがきっかけで〝エール〟の立ち上げを決意したらしい。

「〝エール〟には、社交界デビューの女性を応援するという意味合いがあるみたい」

デュワリエ公爵が作った装身具は、社交界デビューをする私の勇気にもなったのだ。

胸がじんと熱くなった。

「私が担当するデザインは、これなんだけれど」

「わあ！」

まだ製品化されていない、〝エール〟の新作だ。百合《ゆり》の花をモチーフにした、大人っぽいひと品である。真珠とダイヤモンドをちりばめるようで、完成が楽しみだ。

それにしても、デザイン画の状態でもかなり精緻《せいち》に描き込まれている。

まさか、デュワリエ公爵にこのような才能があったなんて驚きだ。

「これは、〝エレガント・リリィ〟ですよね？」

「正解。さすがだね」

〝エール〟には、十代半ばの社交界デビューした女性が身につける〝ピュア・ローズ〟と、十代後半から二十代前半の女性が身に着ける〝エレガント・リリィ〟が存在する。

〝ピュア・ローズ〟は可憐《かれん》で、〝エレガント・リリィ〟は美しい。パッと見ただけで、どちらかわかるのだ。

新作はため息がでてしまいそうなほど、清純できれいなイメージだ。

「これを、カナンさんが立体化させるのですね！」

「そうなんだけれど、これを採用するか否かを、午後の会議で話し合わないといけないんだ」

「えっ、これ、製品化するか、決まっていないのですか⁉」

「そうなんだよ。工房長はここ最近、〝エレガント・リリィ〟のデザイン画ばかり挙げるんだ。全部で、百枚くらいかな」

「ひ、百枚も⁉」

「どうやら、〝エレガント・リリィ〟の女神に、再会できたようでね」

「〝エレガント・リリィ〟の女神、ですか⁉」

「そうなんだよ」

社交界で優雅な百合の化身といったら、フロランスしか思い浮かばない。

けれどカナンさんは、〝再会〟した、と言っていた。

「〝ピュア・ローズ〟のモデルとなる天使は言わずもがな、工房長の妹君であるフロランス嬢。一方で、〝エレガント・リリィ〟が誕生したのは、工房長が夜会で出会った女性がきっかけだったみたいでね。その女性も〝エール〟の首飾りをしていたのだけれど、あまり似合っていなかったようなんだ」

それは、社交界デビューの女性達が集まる夜会だったらしい。

「社交界デビューが遅かったんだろうね。〝ピュア・ローズ〟の首飾りは、子どもっぽい印象になってしまったのだろう」

その女性に似合うように、〝ピュア・ローズ〟より年齢層を引き上げて作り、完成したのが〝エレガント・リリィ〟だったようだ。

「すてきな誕生秘話ですね！」

「だろう？　おかげさまで、〝エレガント・リリィ〟は大好評。しかし、問題があったんだ」

「いったい、何が？」

「工房長は、夜会で出会った女性のみから、インスピレーションを得ていたようなんだ。そのため、新作を思いつくのに、大変苦労していたようでね」

「名前とか、聞かなかったのですか？」

「ああ。遠巻きに見ていただけで、どこのお嬢様かもわからなかったらしいよ」

「そうだったのですね」

なんとかひねり出して、〝エレガント・リリィ〟を発表していたようだが、限界がきていたと。

「〝エール〟の従業員総出で探したけれど、見つからなくてね……」

信じられないことに、デュワリエ公爵は夜会で出会った女性の髪色や瞳の色を覚えていなかったらしい。顔も、忘れてしまったと。

ただ、〝エール〟の宝石に触れる仕草だけが、酷《ひど》く印象的だったようだ。

「すごいですね。仕草ひとつで、インスピレーションが湧くなんて」

「変態だか天才だか、わからないけれど」

変態扱いに、笑いそうになった。カナンさんはお茶目《ちゃめ》な性格だ。話をしていて、とても楽しい。

「だから、ちょっと前まで〝エレガント・リリィ〟は新作があまり出ていなかったのですね」

「そうなんだよ」

エレガント・リリィの女神と再会できたので、アイデアが泉のように湧き出る状態なのだとか。

これから発売するであろう、〝エレガント・リリィ〟の新作はどのような品々なのか。発表がとても楽しみだ。

それにしても、デュワリエ公爵の〝エレガント・リリィ〟の女神とはいったい誰なのか。非常に気になる。

「あの、〝エレガント・リリィ〟の女神って、どなたなんですか？」

「わからないんだよ」

「え？」

「誰が聞いても、工房長は答えないんだ」

「そう、なんですね」

「ただ、工房長は〝エレガント・リリィ〟の女神と再会してから、優《やさ》しくなったよ」

たしかに、デュワリエ公爵は出会ったときに比べて、表情や態度が柔らかくなった。

きっと、〝エレガント・リリィ〟の女神のおかげなのだろう。

デュワリエ公爵に片思いしている身としては、複雑な心境だ。

〝エレガント・リリィ〟の女神へ対する感情は、間違いなく愛だろう。美しく作られた装身具からは、初々《ういうい》しい恋のような瑞々《みずみず》しさを感じてしまうから。

貴族に生まれたからには、恋や愛は結婚には結びつかない。だから、きちんと責任を果たしたあとは、愛人を迎えることが多いのだろう。

デュワリエ公爵も結婚をして子どもが生まれたら、愛人を迎えるのだろうか。そういう未来を想像し、勝手に傷ついてしまう。

カナンさんは私の複雑な心境に気付くわけもなく、〝エレガント・リリィ〟の女神について話し続ける。

「私達は〝エレガント・リリィ〟の女神に感謝しているんだ。工房長は働き詰めで今にも倒れてしまいそうだったのに、今は実に健康的だからね。妹のフロランス嬢も、つられて元気になっているんだから、正真正銘《しょうしんしょうめい》、女神様なんだよ」

「そんな人が、実在するんですね」

「本当に、そう思うよ」

デュワリエ公爵やフロランスが元気になって、とても嬉しい。けれどやっぱり、心境は複雑だ。

芸術家の多くは、インスピレーションを得る女神が存在する。なんて話を聞いたことがある。その多くは、愛人だという。

貴族に愛人の存在はつきもの。うちの両親のように、仲睦《むつ》まじい夫婦は珍しいのだ。

理解しているつもりだった。だが、デュワリエ公爵にそういう存在がいるとわかると、モヤモヤしてしまう。

私は別に、デュワリエ公爵の婚約者でもなんでもない。モヤモヤする資格すらないのだ。

自分の浅ましい考えに、恥ずかしくなった。

それから、業務についていろいろと教えてもらった。カナンさんもかつては雑用係として〝エール〟で働いていたらしい。

「新人はまず、雑用から。それが工房長のモットーみたいでさ」

「そうなんですね」

「ミラさんも、装身具作りに興味があるんだろう？」

「え、ええ、まあ」

「だったら、技術を盗むといいよ。やる気があれば、いつか職人になれるから」

「はい！」

ひとまず、デュワリエ公爵への個人的な感情は、奥へ、奥へと押し込んでおく。今は〝エール〟の雑用係として、頑張らなくては。腕まくりし、ぐっと拳《こぶし》を握った。

「そろそろ工房長の休憩時間だから、部屋を掃除してきてくれるかい？」

「わかりました」

気合いを入れて、デュワリエ公爵の部屋の掃除に向かった。

改めてデュワリエ公爵の部屋に足を踏み入れ、呆然《ぼうぜん》としてしまう。

先ほどはデュワリエ公爵の美しい顔《かんばせ》しか見ていなかったのか、部屋の散乱っぷりには気付いていなかった。まさか、お片付けできない人だったなんて！

床にはぐしゃぐしゃに丸められた紙があちらこちらに転がり、零《こぼ》した紅茶と割れた茶器がそのまま放置されている。紅茶を拭《ふ》き取ろうとしゃがみ込んだら、真っ二つに割れているティーカップを見てぎょっとした。

カップの縁に金箔《きんぱく》を焼き付けた高級磁器だった。思わず、「ヒイイ！」と悲鳴をあげてしまう。なんてことだ。こんな無残な姿で発見してしまうなんて。なんとか修繕できないものか。

ため息をつきつつ、柔らかいタオルにティーカップを包む。

と、こうしてはいられない。デュワリエ公爵の休憩は三十分らしい。その間に、部屋をきれいにしておかなくては。

床に散らばった紙は、伸ばして厚紙に挟《はさ》み、収納しておくらしい。デュワリエ公爵はゴミだと言っているようだが、デザインが盗まれないように捨てずに保管しておくのだとか。

紙はカゴの中にどんどん入れて皺《しわ》を伸ばしたり、厚紙に挟んだりする作業はあとでする。

早いところ部屋の掃除をしなければ、デュワリエ公爵が戻ってくるだろう。

まずは窓を開いて、空気を入れ換える。

強い風が吹き、作業机にあったスケッチブックがパラパラとめくれる。

ふと目にした瞬間、ぎょっとした。

〝エール〟の新作と思われる首飾りを身につけた、アナベルのスケッチ画があったからだ。

いや……よくよく見たら、アナベルではない。彼女は、微笑むときには絶対に口元に扇を添える。

それが、完璧な貴族女性の仕草だから。描かれたアナベルみたいに、口元に見事な弧を描いて微笑む様子は他人には見せないのだ。

だから、ここに描かれているのはアナベルではなく――私だ。

なぜ、デュワリエ公爵は私の絵を描いているのか。

再び強い風が吹き、スケッチブックのページがめくれた。

二枚目、三枚目、四枚目と、描かれているものを見てしまう。

全部、私だった。

アナベルの演技をしているつもりだったが、描かれているものは素《す》の私に見える。先日アナベルに指摘された通り、上手に演技できていなかったのだろう。

恥ずかしくなって、スケッチブックを閉じておく。

いったいいなぜ、デュワリエ公爵は私の姿を描いていたのか。

アナベルは「デュワリエ公爵はあなたを好いている」なんて言っていたが、本人の口から聞かない限りは信じられない。

しかしながら、デュワリエ公爵の心には〝エレガント・リリィ〟の女神がいるのだろう。

もしや、ふたりの女性を愛せる人なのか？

それはそれで、けっこう複雑だ。

自分の子孫を残すために、男性が多くの女性に興味を持つのは本能である。なんて話を耳にしたことはあるものの、科学的な根拠については謎だ。

アナベルはもしもデュワリエ公爵がアメルン伯爵家との結婚を望んだ場合、私が妻になれなんて言っていた。そうなった場合、私は愛人の存在を容認できるのだろうか？

私の人としての器《うつわ》はアナベルの足元にも及ばないほど小さいので、許せないような気がする。

けれども、〝エレガント・リリィ〟の女神だったら――なんてファン心も僅《わず》かにある。

と、ここまで考えて我に返った。

まだデュワリエ公爵と結婚が決まったわけではないのに、余計なことを考えていた。

急いで掃除をしなければ、デュワリエ公爵が戻ってくるだろう。

それから一心不乱に掃除をし、デュワリエ公爵の部屋から飛び出した。

早くカナンさんのもとへ戻ろう。そう考えていたら、前方より誰かがやってくる。運が悪いことに、デュワリエ公爵だった。

壁際に避けて、道を譲った。すると、デュワリエ公爵は立ち止まる。

心臓がどくん‼　とこれまでになく大きな音を立てていた。

デュワリエ公爵は何を思ったのか、ジッと私のつむじを見下ろしていた。

「あなたは――」

「ひゃい⁉」

反射的に顔を上げてしまい、目と目が合ってしまう。

デュワリエ公爵は相変わらず、暴風雪を吹き荒らしていた。

変な声が出てしまったからか、不審な目で見つめられる。蛇《へび》に睨《にら》まれた蛙《かえる》の気分を、これでもかと味わってしまった。「なんでございましょうか？」というシンプルな一言すら、出てこない。

不審に思ったデュワリエ公爵の秘書が、「どうかなさいましたか?」などと声をかける。

「いえ、知り合いに似ている気がしましたが、気のせいでした」

「さようでございましたか」

そう言って、立ち去った。

ホッとしたのと同時に、膝《ひざ》からガクンと力が抜ける。掃除道具を胸に抱いたまま、廊下に座り込んでしまった。

その後、デュワリエ公爵にお茶を持って行ったり、お菓子を運んだり、インクや紙を補充したりと、雑用をこなした。

一切バレることなく、一日をなんとか無事に終えた。

なんだか、疲れてしまった。デュワリエ公爵を警戒していたからだろう。

せっかく〝エール〟の本社にいたのに、あまり堪能《たんのう》できなかった。

……いや、仕事だからこれでいいのか。

よろよろになりながら帰宅したら、またしてもアナベルが我が物顔で私の部屋にいた。

背後に控えるシビルだけは、申し訳なさそうにしている。

正直、アナベルに驚く元気すら残っていなかった。

「おかえりなさい、ミラベル」

「アナベル、ただいま」

「疲れたでしょう？　ここに座りなさいな」

アナベルは優雅に微笑みながら、自分の隣をぽんぽん叩いてくれた。

ここ私の部屋なのだけれど——とは言えずに、大人しく腰掛ける。

「初出勤は、どうだった？」

「あ、うん、すごかった、かな？」

「なんだか薄い反応ね。何かあったの？」

「ちょっと、信じられないことがございまして」

「何よ？」

大きな声では言えないので、アナベルの耳元でコソコソと囁《ささや》く。

「あ、あのね、〝エール〟の創始者であり、専属デザイナーがデュワリエ公爵だったの」

「なんですって⁉」

「アナベル、声が大きい！」

「シビル以外の誰が話を聞いているっていうのよ。それであなた、デュワリエ公爵にバレてしまったの？」

「いや、それが、大丈夫だったんだけれど」

「どうして？　まさか、あなたのおざなりな演技力でかわしたの？」

「まさか！」

正体がバレなかったのは、〝エール〟の特殊な経営体制のおかげである。

「不思議な会社でね。従業員全員平等に扱うためか、女性は三つ編みに黒縁《くろぶち》眼鏡、それからエプロンドレス姿。男性は作業着に眼鏡で統一されているの。従業員同士、家名と名前を名乗るのは禁止で、家柄に関係なく、能力のある人達が働いているみたい」

「そうだったのね」

おそらく、デュワリエ公爵自身が身分社会にうんざりしているのかもしれない。〝エール〟は見た目の個性や家柄などの特徴を隠し、能力のみで勝負する稀有《けう》な会社だろう。

「デュワリエ公爵は多忙で、週に一、二度しか出勤されないみたい。たぶん、バレないと思うのだけれど」

「だったら、いいけれど」

アナベルはそう呟《つぶや》いたあと、顎《あご》に手を添えて何やら考え込んでいる。

「アナベル、どうしたの？」

「そろそろ、白状したほうがいいかもしれないわね」

「白状って？」

「わたくし達の、入れ替わりを、よ」

「ええっ、だ、大丈夫なの？」

「大丈夫ではないと思うわ。けれど、うっかりバレるような事態となれば、デュワリエ公爵は不快に思うはず」

「それは、そうだけれど」

いったいどのタイミングで告げるというのか。上手《うま》く告げられたとしても、反応がまったく想像がつかないので恐ろしい。

「わたくしが言うわ」

「ア、アナベルが⁉」

「ええ。もともとは、わたくしが提案したことだし。後始末は、きちんとつけないと」

その言葉を聞いて、神様、天使様、アナベル様と拝んでしまう。

「次に、デュワリエ公爵に会うのはいつ？」

「一ヶ月後だけれど、どうして？」

議会のシーズンに入るので、忙しいようだ。その間に、伯父とも話をつけてくれるという。

「では一ヶ月後に、あなたはミラベル・ド・モンテスパンとしてデュワリエ公爵に会うのよ」

「わ、私も行くんだ！」

「当たり前じゃない。デュワリエ公爵との関係を、終わらせたいわけではないのでしょう？」

「そ、それは……！」

正直、ミラベルとして会うのは、恐ろしい。今まで、アナベルという強力な仮面を被《かぶ》っていたから、まともに対面できたわけで。

それに、デュワリエ公爵にとっては、アナベルに扮《ふん》する私に興味があるのであって、私自身には興味なんてない可能性もある。

それがわかってしまうのは、恐ろしい。

「何を、躊躇《ためら》っているというの？」

「いや、デュワリエ公爵はアナベルである私だから付き合いたいのであって、そうではない私には興味がないんじゃないかと思ったら、会うのが怖くなって。それに、嘘をついていた私を、許さない可能性だってあるし」

「そんなの、当たり前じゃない。デュワリエ公爵も人間だから、嘘をついていたら当然怒るわ。それを、謝りに行きましょうと言っているのよ」

「許してくれるのかな？」

「ミラベル。そういうのは、考えるべきではないのよ。やってしまった罪は、絶対に許されないの。大切なのは、行いを反省し、デュワリエ公爵へ誠意を見せること」

「誠意を見せる、か」

「こういうときは言い訳せずに、悪いことは悪いと反省して、誠心誠意謝るの。うじうじ後悔したり、自己嫌悪、保身について考えたりするより、まず謝罪するのよ」

「そっか、そうだよね。私、自分のことしか考えていなかった。なんだか恥ずかしい」

「生きるというのは、恥とのお付き合いなのよ。ミラベル、諦めなさい」

「う……はい」

アナベルのおかげで目が覚めた。一ヶ月後、デュワリエ公爵と会って、身代わりについて謝罪をしなければ。

幸《さいわ》いにも、私はひとりではない。アナベルという、最強の共犯者がいる。

きっと、悪いようにはならないだろう。

翌日も、元気に出勤した。今日の〝エール〟は慌《あわ》ただしい。昨日の会議で、新商品のデザインが決まったからだそうだ。

デザイン画を一般公開し、予約を募るらしい。最近の〝エール〟はこのようにスピーディーな展開をしているらしい。

昨日、カナンさんが見せてくれた百合の首飾りも、製品化が決まった。そのため、朝からバタバタしているようだ。

工房長ことデュワリエ公爵も出勤している。週に一、二度と聞いていたので、今日はいないと思っていたが――いた。本日もいらっしゃる。

デュワリエ公爵の目につかないように、すばやく隠れる技術が身についていた。

せっかく憧《あこが》れの〝エール〟で働いているのに、心が安まる瞬間は片時もない。さらにデュワリエ公爵を目にすると、アナベルと一緒に行う謝罪について思い出してしまう。一ヶ月後を思うと、胃がしくしく痛んでいるような気がする。そのたびに、アナベルがいるから大丈夫だと、自《みずか》らに言い聞かせていた。

朝礼は職種ごとに集まる。私は雑用係の朝礼に参加した。

雑用係は全員で七名ほど。雑用係の長たる女性が、キビキビと指示を飛ばす。最後に、私にも仕事が命じられた。

「今日、あなたは掃除の他に、工房長のお食事及び飲み物係もするように」

「承知しました」

普段、食べ物や飲み物を用意するのは、秘書官の仕事だったらしい。しかし、今日はお休みのようだ。そのため、私に仕事が回ってきたというわけである。

一日のスケジュールが手渡される。紅茶休憩は、一日に五回も取るようだ。

お昼前に飲む紅茶は〝イレブンジズ〟と呼ばれ、ボリュームたっぷりのバターパンと一緒に飲むらしい。昼食と一緒に飲むのは〝ランチティー〟と呼ばれ、たいてい軽食と一緒にミルクティーを飲むようだ。お昼過ぎの短い休憩には、〝ミッディ・ティーブレイク〟という、軽いお茶の時間がある。午後のおやつとともに飲む紅茶は、おなじみの〝アフタヌーンティー〟。夕方に軽食と共に飲む紅茶を〝ファイブオクロック〟と呼ぶ。

以上、一日五回あるお茶の時間である。

これらのお茶飲み文化は、異国から伝わったものらしい。かの紅茶大好き民族は、朝から夜まで計七回以上もお茶の時間があるようだ。

なんていうか、そんな優雅な暮らしをしたいものである。

まずはデュワリエ公爵が会議をしている間に、掃除をしてしまわなければ。一分でも部屋にいたら、散らかってしまうようなので。

腕まくりをして「いざゆかん！」と気合いを入れていたら、雑用係長に呼び止められる。

「ミラ、ちょっといい？」

「はい？」

四十代くらいの貫禄《かんろく》ある雑用係長は、片方の眉を器用にピンと上げながら注意を促す。

「集中しているときの工房長は極めて辛辣《しんらつ》なので、何を言われても落ち込まないように。過剰に反応しない限り、首切りされることはないから、気にすることはないわ」

「は、はあ」

なんだか猛獣舎の掃除を、「檻《おり》に猛獣がいるけれど頑張れ」と言われているような気分になった。

「さあ、行ってきなさい」

「はい」

デュワリエ公爵の執務部屋を開くと、無人だったのでホッと息をはいた。スケジュール通りに行動してくれるのは、地味に助かる。心臓にも優しい。

しかし、酷いものだ。昨日、きれいに掃除をしていたのに、部屋はぐちゃぐちゃだ。何か本を探していたのか。本棚の本が大量に引き抜かれ、不要だった本は床に積み上がっていた。床には、落としたインク壺《つぼ》がそのまま放置されている。中が空だったからよかったものの、入っていたら今頃床はどうなっていたのか。ゾッとしてしまう。

破られた紙も、「初雪か」と思うくらい床に散らばっていた。

偶然見てしまった身代わりアナベルのスケッチ帳は、今日はどこにも見当たらない。心臓に悪いので、ホッと胸をなで下ろす。

「よし、やるか」

そう口に出して、やる気を促す。相変わらず、カーテンが閉ざされていて薄暗い。

手早く掃除を済ませ、インクや紙を補充し、最後に空気の入れ換えをする。そして、素早く部屋を飛び出した。

会議は時間通り終わったようだ。すぐに、〝イレブンジズ〟のお茶とバターパンを用意しないといけない。

バターパンというのは、パンにバターを塗って砂糖をまぶしたものをオーブンで軽く焼いたもの。〝イレブンジズ〟に食べる、お決まりのティーフードらしい。

厨房《ちゅうぼう》では次々と焼かれ、雑用係が紅茶とともに職人のもとへと運んで行く。

ここでも、〝エール〟の従業員は平等であることに気付く。誰も彼も関係なく、同じお茶とお菓子を口にしているようだ。もちろん、デュワリエ公爵も例外ではないのだろう。

厨房はマリアさんという女性が、ひとりで回していた。お湯を沸かし、茶葉を用意して湯を注ぎ、しばし蒸らす。その間にオーブンの様子を見て、手があいたらパンをカットしてバターを塗って砂糖をまぶしていた。非常に鮮やかな手つきで、〝イレブンジズ〟のティーセットを作っていく。

「あんたは、誰のを持って行くんだい？」

「工房長です」

「はいよ！」

用意したばかりの、茶器とバターパンが載ったお盆を手渡される。ずっしり重い一式を、デュワリエ公爵の執務部屋まで運ぶのだ。

「紅茶は飲み頃だから、三分以内に飲んでもらうんだよ」

「は、はい！」

果たして、猛獣は素直にお茶を飲んでくれるのか。

デュワリエ公爵の執務部屋の前にたどり着いた瞬間、しまったと後悔する。両手が塞《ふさ》がっているので、扉を叩けない。早くしないと、おいしい紅茶が飲み時を逃してしまうだろう。かと言って、お盆を床に置くわけにもいかない。

いったい、どうすればいいものか。そういえば、侍女はいつもティーワゴンを押して移動している。直接運んでくることはない。こういうとき、自分は何も知らないお嬢様だったのだなと落ち込んでしまう。

デュワリエ公爵に声をかけ、扉を開けてもらうことは絶対に許されない。こうなったらと、開き直る。足で蹴《け》って扉をノックしてみた。

コンコンコンではなく、ガツンガツンガツンと、若干《じゃっかん》乱暴な音になってしまった。

部屋から、「なんですか？」と、不機嫌そうな声が返ってくる。いつもより高い声を心がけつつ、言葉を返した。

「イレブンジズのお時間でございます〜」

返事はないが、「失礼します」と言って中に入らせてもらう。肘《ひじ》を使ってレバー式のドアノブを下げる。握り玉式のドアノブではなくて、本当によかった。

扉がわずかに開いたので、肩で押して入った。一歩、足を踏み入れた瞬間、ゾクッと寒気がする。こちらを見ていないのに、出て行けと言わんばかりの圧力を感じてしまった。

さすが、〝暴風雪閣下〟である。次々と、担当が辞めるわけだ。

顔を見られないよう、俯《うつむ》きながら接近する。

頑張って掃除をした部屋は、辺り一面紙くずだらけになっていた。積雪一センチ、といったところである。よくもまあ、短時間でこれだけ部屋を汚せるものだ。ある意味、才能かもしれない。

執務机には、隙間《すきま》なく本やらスケッチブックやらが置かれていた。本はいったん出窓の床板に置いて、あいたスペースにお茶とバターパンを置こう。

ひとまず出窓の床板にお盆を置き、本を回収した。これで、お茶とバターパンを置く場所が確保できた。

ティーカップにミルクを入れ、あとから紅茶を注ぐ。砂糖は好きな量を入れられるよう、角砂糖を添えておいた。

とてもよい茶葉を使っているのか、香りがすばらしい。きっと、最高においしいミルクティーだろう。

お茶を持って行こうと机に戻ったら、あけておいたスペースに別の本が置かれていた。

私のほうをまったく気にしていないので、わざとではないのだろう。けれど、腹が立つ。

本をどかし、茶器を置いた。バターパンも同様に、本と入れ替えるように置く。お盆を回収し、一礼したのちに部屋を出た。

ただお茶とお菓子を持って行っただけなのに、ぐったりと疲れてしまった。

ふと、気付く。出会ったばかりのデュワリエ公爵は、こんな感じだった。そんなに前ではないのに、酷く懐《なつ》かしく思ってしまった。

一時間後、昼食に出かけて無人となった部屋に、茶器を回収に行く。驚いたことに、お茶もバターパンも、まったく手を付けてなかったのだ。

紅茶は色が鈍《にぶ》くなり、香りなんてまったくしない。バターパンはかぴかぴになっていた。せっかくマリアさんが心を込めて作ってくれたのに、がっくりとうな垂れてしまう。

ミルクティーなんか、私が飲みたいくらいだったのに。もちろん、私はデュワリエ公爵に抗議できる身分ではない。泣き寝入りするしかないのだ。

休憩中、カナンさんに愚痴《ぐち》を零す。

「カナンさん、愚痴を聞いてください」

「どうしたんだい？」

「工房長ったら、お茶とバターパンにまったく手を付けていなくて」

「集中しているんだろうね」

いつも食べないというわけではないらしい。集中している日は、勤務中飲まず食わずであることが多いようだ。

仕事が大事なのはわかるけれど、休んで自分の体を労《いたわ》らなくては疲れてしまうだろう。それに、無理が体調不良となって襲いかかってくる。

「空腹が無視できるほど集中するなんて、私には理解できないのですが」

「私はわからなくもないかな。忙しいときや調子がいいときは、キリがいいところまで仕上げたいと思うし。それに、ここのお菓子って、食べにくいというか、なんというか」

「食べにくい？　普通においしそうでしたが」

「ああ、えっと、おいしいことはたしかなんだけれど、クリームや砂糖でベタベタしているから、食べたら手を洗わなければいけないんだよね。それって、けっこう時間をロスしてしまうから、集中が途切れてしまうんだよ」

「あ――ああ、なるほど！」

たしかに、手が汚れるお菓子は素手《すで》で食べるのを躊躇ってしまう。それに、作業に戻るのに手が汚れていた場合は、わざわざ洗いに行かなくてはならない。そこまでして食べたいとは思わないのだろう。

デュワリエ公爵も、もしかしたら同じことを思っている可能性がある。

食べやすいお菓子と、冷めてもおいしい飲み物を用意したらいいのだ。

「カナンさん、ありがとうございました。いい方法がないか、考えてみます」

「ああ、うん。お役に立てたのならば、何よりだよ」

カナンさんと熱い握手を交わし、休憩室を飛び出した。

手が汚れない軽食は何かあるだろうか。考えてすぐに、以前フロランスが考えた〝プティフール〟を思い出す。一口大の可愛い大きさのお菓子は、手が汚れないものばかりだ。

一口サイズのクッキーに、マカロン、ギモーブに一口シュー。四角くカットされたパンケーキなどもいいだろう。

甘いものだけでなく、ミートパイやチーズを挟んだクラッカーみたいなしょっぱい系もありなのかもしれない。

デュワリエ公爵の好き嫌いについては把握《はあく》しているわけではないが、以前私が作って持って行った白鳥のシュークリームは食べてくれた。

甘い物が嫌いなわけではないのだろう。

紅茶の好みはどうだろうか。これまで何度もデュワリエ公爵とお茶を囲んできたのに、好みについて気にしたことなど一度もなかった。砂糖やミルクを入れていたか否かさえ、私は知らない。

そもそも、紅茶は淹れたてがもっともおいしい。冷めた紅茶は、茶葉によっては飲めたものではなくなる。

いっそのこと、果実系のジュースなどを瓶《びん》ごと置いて、好きなときに飲んでもらうようにしたほうがいいのではないか。

思い立ったら即行動である。

厨房に行って、主《あるじ》であるマリアさんに話してみた。

「工房長の軽食を変更したいだって⁉」

「は、はい」

くわっと目を見開きながら、聞き返される。瞳には、怒気《どき》が滲《にじ》んでいるように見えた。

彼女は自信を持って、軽食と紅茶を作っているのだろう。だから、私みたいな新参者に意見されるのは不快に感じるのかもしれない。

「あの、工房長って、紅茶や軽食をほとんど召し上がらないとお聞きしたので」

「お忙しいからなんだよ。それだけだ」

「もしかしたら、食べない理由があるかもしれないんです。それを、探《さぐ》ってみたくて」

「だから、忙しいんだろう？」

「忙しいことに変わりはないのですが、もっと手軽に食べられる料理だったらいいのではないかと思いまして」

カナンさんが先ほど話していた、作業中の飲食についてもマリアさんに話してみた。

眉間《みけん》によった皺は、なかなか元通りに戻らない。

「手軽に食べられる料理ったって、〝イレブンジズ〟にはバターパンを食べるのがお決まりだし」

「お決まりも大事です。けれど、工房長が残すことが多いので、原因を探ってみるのもいいのかな、と思うのですが」

残されたお菓子は、もちろん無駄にしない。一度焼き直して、休憩中に食べる。けれど、できたてのおいしさには劣ってしまうのだ。

「あ、あの、いかがでしょうか？」

「ダメだね。工房長だけ、特別扱いはできないよ。今のところ、ひとり分だけ違うメニューを作っている暇はないし」

〝エール〟は、工房長であるデュワリエ公爵であれど、皆と同じように扱うのを信条としている。立派な心がけだろう。

「しかし、このまま水分や食事を取らず、長時間作業をし続けると、体に悪いと思うのです。専属デザイナーである工房長が倒れてしまったら、〝エール〟は瞬《また》く間に傾いてしまいますよ」

「それは……そうだねえ」

「一回、試してみてもよろしいでしょうか？　お出しする飲み物やお菓子は、私が責任を持って用意しますので」

白鳥シュークリームを作ってからというもの、ばあやと一緒に料理をするようになったのだ。レパートリーはそこまで多くないが、基本は頭の中に叩き込んでいる。

ばあや仕込みの料理の腕を、今、発揮するときがきたのだろう。

「マリアさん、どうか、お願いします！」

深々と頭を下げる。頭上で、ため息が聞こえた。

「仕方がない子だね。わかったよ」

「あ、ありがとうございます！　では、今から商店に行って――」

「お待ちよ！」

首根っこを掴《つか》まれ、「ぐえっ」とアヒルみたいな声が零れる。

「な、なんでしょうか？」

「その、一口で食べられる軽食とやらは、どんなものなんだい？」

「えっと、最近作ったのはミートパイです。手で掴んでも具が零れないように、密封した状態のものでして」

「なるほど。折りパイではなく、練りパイを使ったミートパイだね」

パイには生地が二種類ある。生地を重ねて作る〝折りパイ〟。それから、生地を練って作る〝練りパイ〟だ。

「ジュースは、ブドウがあるね。わかった。試しに、今から用意してみよう」

「い、いいのですか？」

「ああ。工房長のお口に入るものを、余所《よそ》から買ってきた品にするのは許せないからね」

「ありがとうございます！」

「その代わり、あんたも手伝うんだよ」

「はい！」

そんなわけで、ミートパイ作りに参加する。

「急だから、お肉はないよ。ベーコンとトマト、チーズを使ってパイを作ろう」

「了解です」

さっそく調理を開始する。マリアさんは練りパイの生地を作るため、私は具作りを任された。

「ベーコンとトマトはなるべく細かく切るんだ。それを鍋《なべ》に入れて、オリーブオイルで炒める」

「了解です」

立派なベーコンの塊《かたまり》が、調理台にどん！　と置かれる。ドキドキしながら、ベーコンの塊にナイフを落とした。

「ちんたらしていたら、時間がないからね！」

「は、はい」

ベーコンを刻み、オリーブオイルを引いた鍋で炒める。焼き色がついたら、トマトを加える。昼食の残りの澄ましスープを注いで、しっかり煮詰める。途中で、トマトソースを加えた。塩、胡《こ》椒《しょう》で味を調えたあと、水分が飛ぶまで煮詰めたら、パイの具の完成である。

「ど、どうでしょうか?」

「うん、上等だ」

「ありがとうございます!」

具を匙《さじ》で掬《すく》い、マリアさんが作って広げた生地に載せていった。一口大のパイなので、匙で一杯ずつ、生地に置いていく。

生地の上に具を並べ終えたら、さらにその上から四角くカットしたチーズを載せるのだ。続いて、同じ大きさの生地を上から被せる。それを、ナイフでカットしていく。生地の四方にフォークの先端を押し当て、具がもれないように封じた。

これらを、オリーブオイルを塗った鉄板に並べていくのだ。

仕上げは、水溶き卵を刷毛《はけ》で塗っていった。

これを、事前に温めておいたオーブンで二十分ほど焼いたら完成である。

「ほら、焼けたよ」

「わあ!」

味見用に、ひとつもらった。手で掴み、しっかり冷ましてから頬張る。

トマトの酸味にベーコンの旨味《うまみ》が溶け込み、チーズのなめらかさが全体の味わいを優しく包んでくれる。

生地も、バターの風味が香ばしくてとてもおいしい。

「どうだい？」

「最高です！」

そう返すと、マリアさんはにっこり微笑んでくれた。

このトマトとベーコンのチーズパイとブドウジュースを、デュワリエ公爵の部屋へ持って行くこととなった。

ドキドキしながら、デュワリエ公爵の執務部屋にパイとジュースを持って行く。今回は、ティーワゴンに載せて運んだ。これでも、学習能力はあるのだ。

上品に扉を叩いたのに、返事がなかった。もしかしたらデュワリエ公爵はいないのかもしれない。

そう思って扉を開いたら、普通にいた。

悲鳴を上げそうになったものの、奥歯を強く嚙《か》みしめて耐えた。

返事をしたまえと言いたいのを我慢し、邪魔《じゃま》にならない程度の声色《こわいろ》で「失礼します」と言って中に入った。

ティーワゴンを近くに持って行く。やはり、どこにも置き場所がない。そうだと思って、対策を打っていたのだ。

本棚の陰に隠していたサイドテーブルを持ってくる。そこに、ブドウジュースとトマトとベーコンのチーズパイを置いた。

「お好きなときに、お召し上がりください」

その声に、デュワリエ公爵がピクリと反応を示す。私の顔を見上げそうになったので、慌てて頭を下げた。

「これは？」

「ブドウジュースと、トマトとベーコンのチーズパイでございます」

「なぜ、紅茶ではなく、ブドウジュースを？」

「紅茶は冷めたらおいしくないので、お好きなときに飲めるように、ご用意いたしました」

頭を下げ続けながら、問いかけに答える。胸が、バクバクと鼓動していた。ミラベル・ド・モンテスパンとしてデュワリエ公爵と言葉を交わすのは初めてだからだ。

いつもみたいに、アナベルの恰好《かっこう》をしていたり声を作ったりしない、素の私だ。

「ブドウジュースを」

その一言を理解するのに、十秒はかかった。ブドウジュースを注げと言いたいのだろう。すぐに、カップに注いだ。

デュワリエ公爵はすぐにブドウジュースを飲み、パイも摘《つ》まんで頬張った。その瞬間、嬉しくて

飛び跳ねそうになる。

やはり、手が汚れるので食べなかっただけなのだ。だったら言ってよと思わなくもないが、今は飲食してくれたことが何より嬉しい。

深々と会釈《えしゃく》し、執務部屋をあとにする。

マリアさんに報告したら、一緒に飛び跳ねて喜んでくれた。

「あんた、すごいよ！」

運んですぐに、デュワリエ公爵が食べてくれたのは初めてだという。お手柄だと言って、喜んでいた。

マリアさんは私を抱きしめ、わしわし撫《な》でてくれる。なんだか照れくさい。

「この調子で、お菓子をすべて見直そう。ミラ、手伝ってくれるね？」

「はい、もちろんです！」

こうして、私は軽食及びプティフールの試作品作りを命じられたのだった。


それからというもの、バタバタとした毎日を過ごす。

〝ミミ〟の装身具をシビルの助けを得ながら作ったり、デュワリエ公爵に近況報告を書いたり、ばあやと一緒に〝エール〟で出す軽食やプティフールを考えたり。

それぞれ楽しくこなしているものの、時間が足りないと頭を抱える瞬間もあった。スケジュールのやりくりを上手くやるしかない。

今日はばあやと一緒に、プティフールを作る。

どんなお菓子がいいか。ばあやと話し合った結果、食べやすいという絶対条件に加えて、ちょっと珍しいお菓子を作りたいという方針で固まった。

まず、指先がべたつきそうなお菓子の表面にクリームやキャラメルを使わないものにしなくては。よそ見をしながら食べられるくらいのお菓子がいい。

「どんなものがいいですかねえ」

「うーん。クッキーはデザイン画に食べかすが落ちてしまいそうだし、チョコレートは溶けたらまずいし。いざ考えてみると、難しいなあ」

「ですねえ」

「食べてすぐに飲み物を口にしないといけないお菓子も、ちょっと考えものかな」

「だったら、しっとりした焼き菓子ですかねえ」

「それがいいかも」

しっとり仕上げる焼き菓子――マカロンにフィナンシェ、マドレーヌにエクレア、シュークリーム。この辺だろうか。

「他は、ダックワーズとか」

「あっ！」

ダックワーズと聞いて、ばあやは何か思いだしたようだ。

「エポン・ジュ・ピスタージュとかいかがですか？」

「エポン・ジュ……？　えっと、何それ？」

「ダックワーズとシュクセを掛け合わせたような生地のお菓子ですよ」

シュクセというのは卵白とナッツパウダーで作られる、サクサクとした食感がおいしいお菓子だ。

食感はダックワーズによく似ている。

「旦那《だんな》様の幼少期の好物で、昔はよく作っていたのですよ」

「そうだったんだ」

思春期を過ぎた辺りから、「このような軟弱な菓子は食べない」と主張し、めっきり作らなくなっていたようだ。

「お父様ったら、我《わ》が儘《まま》を言って。そもそも、軟弱な食べ物ってなんなの？」

「思春期は心の内とは裏腹な発言をするものなんですよ」

「そうなんだ。大変だね、思春期って」

「ですね」

私もつい先日、家族に当たり散らした覚えがあるので、父を非難できる立場にはないが。何はともあれ、ばあやの指導に従ってエポン・ジュ・ピスタージュとやらを作ってみることにした。

「材料は乾燥卵白《アルブミナ》、卵白、顆粒《かりゅう》白砂糖、ピスタチオのタンプータン、ピスタチオダイス、ナッツパウダー、粉砂糖……と、以上です」

「なんか、初めて聞く材料がちらほらあるような」

乾燥卵白というのは、言葉通り卵白を乾燥させて粉末状にしたもの。タンプータンというのは、粉末のナッツと砂糖を同量で混ぜたものらしい。ピスタチオダイスは、ピスタチオを細かく砕いたもののようだ。

「ちなみに、通常のレシピだと卵白を保冷庫の中で一週間置いて水溶化したものを使うのですが、今日は普通の卵白を使います」

「え、なんで卵白を一週間も置くの⁉」

「卵白はしばらく置くと、サラサラになるんです。それを使って作ると、しっとりおいしく仕上がるのですよ」

「そうだったんだ」

そのままの卵白で作ると、生地がイヤな感じでねっとりしていたり、弾力がありすぎたりするらしい。

そんなところまでこだわっていたとは、知らなかった。

「さて、ミラベルお嬢様、作り始めましょうか！」

「よろしくお願いします！」

まず卵白をボウルに入れて、粉末卵白と顆粒白砂糖を少量ずつ入れてホイップしていく。フワフワに泡立ったら、ピスタチオのタンプータンとナッツパウダーを加えて粉っぽさがなくなるまで混ぜるのだ。

これを、絞り袋に入れて鉄板に一口大に絞っていく。その生地にピスタチオダイスと粉砂糖を振りかけ、しばし置いて馴染ませるようだ。これを、余熱で温めていた窯《かま》で二十分ほど焼く。

焼いている間に、間に挟むクリームを作る。

「クリームの材料は、ピスタチオのマジパンにバター、ピスタチオのペースト、キルシュ、ですね」

マジパンは粉末ナッツと砂糖を混ぜたもの。このお菓子で、どれだけ粉末ナッツを使うのだと突っ込みたくなるが、これを使わないとおいしくならないのだという。

「ピスタチオのマジパンに溶かしバターを加えて混ぜ合わせて、途中でピスタチオのペーストを加えます。なめらかになったら、キルシュを数滴垂らして香り付けをするのがポイントです」

焼き上がった生地に、ちょっとした加工をするらしい。綿の手袋をはめ、ばあやが鉄板を持ってきてくれるのを待つ。

「お待たせしました、ミラベルお嬢様。ここからが、勝負ですよ」

「はい！」

ここで、焼き上がった生地を裏返し、表面に親指を軽く押し込んでクリームを入れる窪《くぼ》みを作るのだ。これは温かいうちにやらないといけないらしい。

「こういうふうに、優しく押すのですよ」

「了解です」

ばあやは次々と生地を押していくが、私は熱くて手に取るのでさえ苦労してしまう。

「あ、熱い！　ばあやは、どうして平気なの⁉」

「慣れ、ですかねえ」

私も回数をこなすしかないのだろう。熱い、熱いと言いながら、生地を窪ませていく。

「粗熱《あらねつ》が取れたら、クリームを絞ります」

「はーい」

生地の熱が取れるまで、しばし休憩である。

私が淹れた紅茶を、ばあやに飲んでもらった。腕が上がったと言われて、にんまりほくそ笑んでしまう。

それにしても、お菓子作りは奥が深い。もっともっと学んでみたいが、私にはやらなければならないことが山のようにある。体があと三つくらい欲しいと、真面目《まじめ》に考えてしまった。

「ミラベルお嬢様、神妙《しんみょう》な顔をなさってどうかしたのですか？」

「やりたいことがたくさんあって、困るなーっていう、贅沢《ぜいたく》な悩みについて考えていたの」

「それはそれは、大変でしたね」

ひとまず、目の前の作業をコツコツ丁寧《ていねい》にこなさなければ。あれこれと手を出して、どれも中途半端《はんぱ》にするのはよくないだろう。

「と、そろそろ生地が冷えたかも？」

「そうですねえ」

最後に、クリームを絞って二つの生地を重ね合わせたら、エポン・ジュ・ピスタージュの完成だ。

「できあがったー！」

本当は冷やして食べるようだが、ひとつ味見をしてみる。

食感はサクッ、ホロッ。濃厚なピスタチオのクリームが、口の中で豊かに香った。

「んん！　これ、おいしい！　ピスタチオのクリーム、最高！」

「それはようございました」

一口大で食べやすいし、味わいにも驚きがある。きっと、〝エール〟の人達に喜んでもらえるだろう。こんな感じで、私はばあやとプティフールや軽食を作った。

マリアさんに試食してもらったら、どれもお気に召してもらえた。ばあやのレシピを伝授すると、完璧《かんぺき》に作ってくれる。

リニューアルした休憩時間の飲み物とお供は〝エール〟の従業員に大好評だった。デュワリエ公爵も、毎回残さずに食べてくれているらしい。

マリアさんと厨房で、ハイタッチしてしまった。

◇　◇　◇

おやつと飲み物問題の他に、気になる点がある。それは、デュワリエ公爵の薄暗い部屋だ。どうして昼間もカーテンを閉め切っているのか。

その疑問は、カーテンを開けたあとに明らかとなる。

「このままだと、目が悪くなるのに」

ぶつくさ独り言を言いつつ、カーテンを開けた。

「うっ！」

強すぎる太陽光が、これでもかと窓から差し込んできた。どうやらここは、日当たりが抜群過ぎるようだ。

そういえばと思い出す。外にいるとき、デュワリエ公爵が眩《まぶ》しそうにしている時が多々あったと。

太陽光が他人よりも眩しく感じてしまう体質なのだろう。

デュワリエ公爵は銀髪で、瞳も紫色だ。きっと、色素が薄いので、普通の人より太陽光が苦手なのかもしれない。

たしかに、執務部屋は日当たりが良好。デザインもしにくくなる。ただ、暗い部屋で作業を続けていたら、視力が悪くなる一方だ。どうしたらいいのか。

すぐにぽんぽんと思いつくわけがない。

考えているうちに、勤務時間が終了した。今日はこれからフロランスとお茶をする予定なのだ。

急いで帰って、身支度をしなければならないだろう。

バタバタと走っていたら、カナンさんとすれ違う。

「あれ、ミラさん、今日はもう終わり？」

「はい」

カナンさんは手を振って見送ってくれた。

大通りから乗り合いの馬車に乗り込み、家路に就《つ》く。

普段ドレス姿ならば、乗り合いの馬車なんて乗ったら悪目立ちしてしまう。

しかしながら、眼鏡におさげ髪、エプロンドレスならば馴染んでしまうのだ。

貴族街で降りて、徒歩で十分歩いたら我が家にたどり着く。敷地内に入ったら、即ダッシュである。時間があると思っていたが、すでに約束の時間まで一時間となっていた。

「ミラベルお嬢様、おかえりなさいませ」

「ただいま、ばあや」

「お急ぎで、どうかなさったのですか？」

「フロランスとお茶しに行くの。着替えなきゃいけないから」

「お手伝いしましょうか？」

「ありがとう。よろしく」

ばあやの手を借りて、大急ぎで準備した。ドレスは先週母が手直ししてくれた、一年前に買ったシーグリーンの明るい一着。肘にリボン、袖にレースが付け足されて可愛くなっている。

「御髪《おぐし》は、アナベルお嬢様みたいに巻きますか？」

「いい。髪の毛にも悪いし」

熱したコテを当てて縦ロールを作る髪型はとても可愛いが、髪にダメージがいくのだ。手入れが面倒なので、適当に結んでくれとお願いしておく。

ばあやが髪を結《ゆ》い上げている間に、私は化粧を施《ほどこ》す。派手過ぎず、地味過ぎず、上品に仕上がったような気がした。

この前アナベルがくれた金木犀《きんもくせい》のコロンをさっと振りかけて、鏡の前で姿を確認する。

「ミラベルお嬢様、いかがですか？」

「うん、いい感じ。ばあや、手伝ってくれてありがとう」

「いえいえ、とんでもない」

「じゃあ、行ってくるね」

「はい、行ってらっしゃいませ」

扉を出た先に、すでにフロランスが乗ってきた馬車が来ていた。私の存在に気付いた御者《ぎょしゃ》が扉を開いてくれる。馬車の中へと乗り込んだ瞬間、フロランスが華やかな笑みを浮かべた。

銀色の輝く髪に、澄んだアメシストの瞳を持つ人間界に舞い降りた妖精――フロランス・ド・ボードリアール。

デュワリエ公爵の妹君で、私の数少ない親友である。

私が社交界デビューした年に出会い、互いに〝エール〟のファンであることから一気に仲良くなった。

家柄に関係なく仲良くしたい。そんな思いから、お互いに家名を名乗らないままお付き合いしているのだ。もちろん、彼女は私とアナベルの入れ替わりについても知らないまま。

いつか話そうと思ってはいるものの、なかなか勇気が出ずに今に至る。

恐らく本当のことを打ち明けても、フロランスは私を嫌ったりしない。単に、私が意気地《いくじ》なしなだけだ。必ず話すので、もう少しだけ腹を括る時間が欲しい。

「ミラベル、お久しぶりです」

「ええ、本当に」

ここ最近、忙しくしていたのでフロランスと会う暇がなかったのだ。デュワリエ公爵同様、手紙のやりとりは頻繁《ひんぱん》にしていたわけだが。

「忙しいのに、こうして会ってくれて、本当に嬉しいです」

「私も、嬉しい」

フロランスと手と手を取り合い、微笑み合う。

「なんだかいろいろと、楽しいことをなさっているみたいで」

「そう！」

個人ブランド〝ミミ〟の装身具を作ったり、〝エール〟で働いたり、ばあやと料理の研究をしたり。中でも、フロランスが興味を持ったのは装身具作りだった。

「今日、フロランスをイメージした一揃えの装身具を作ってきたの」

公爵令嬢であるフロランスにオモチャみたいな装身具を贈るなんてどうかと思ったのだが……。

フロランスが「ぜひとも購入したい」と言ったので、悩んだ挙げ句作ってきたのだ。

「私をイメージして、作ってくださったの？　嬉しい！」

差し出した包みを、フロランスは愛《いと》おしそうに抱きしめる。

「開けてみても？」

「どうぞどうぞ」

ドキドキしながら、フロランスの反応を待つ。

幼少期より、高価な装身具を見て育ったフロランスである。オモチャみたいな装身具を見て、ガッカリする可能性もおおいにあるのだ。

「まあ、素敵！」

フロランスは瞳をキラキラと輝かせて、手作りの装身具を見つめている。

彼女のために作った装身具は、瞳と同じアメシストに似たカラーガラスを使った耳飾りと、フラワーモチーフの銀を模したセッティングにティールブルーのクリスタルガラスが填め込まれたペンダント、それから人工真珠をあしらった指輪の三点である。

耳飾りはドロップ型で、ファセットカットが豪奢で美しい。首飾りのチェーンは真鍮《しんちゅう》製の、ゴールドを思わせる品があって落ち着いたものを選んだ。人工真珠は、アナベルが持つ本物と比べても見劣りしないくらい美しい。

フロランスにはどれが似合うか。血眼《ちまなこ》で探し、作ったものであった。

「ミラベル、これ、本当にガラスなのですか？」

「うん、そうだよ」

「本物の宝石みたいです」

フロランスの反応を見て、ホッと胸をなで下ろす。

「こんなきれいなものがあるんですね」

「ええ、私も最初に見たときは驚いたの」

カラーガラスの歴史は、五十年以上前まで遡《さかのぼ》る。

当時、戦争が盛《さか》んで、鉱山は閉鎖され、働く人々は戦場へと駆り出された。市場から宝石が次々と消えて、混乱状態になったらしい。そんな中で、代わりのものをと作ったのがカラーガラスだったと。現在はほとんど生産されておらず、私が〝ミミ〟の装身具に使っているのはビンテージの素材ばかりだ。カラーガラスを扱うお店には、大量にあるので今のところ困っていない。

「ちょうど今日の服装にも合っているので、身につけてみますね」

フロランスはそう言って、耳飾りを外し始める。

「え、いや、そんな！　フロランス、家で着けるのならばまだしも、外で着けるなんて」

「せっかく可愛く作っていただいたので、みなさんに見ていただきたいです」

「そ、そんな！」

普段、フロランスは装身具を侍女に着けてもらっているのだろう。耳飾りのひとつすら、上手く外せない様子だった。涙目になりつつあったので、お手伝いしてあげた。

ダイヤモンドの耳飾りを外し、私が作った物を着けてあげる。首飾りや指輪も同様に。貴族の馬車は座席の下にいろいろ用意されている。鏡もあるだろうと探ってみたら、見事に発見した。

ドキドキしながら、フロランスに装身具を身につけた姿を確認してもらう。

「フロランス、どうかな？」

「まあ、素敵！」

「そう？　ガラスの宝石なんだけれど、平気？」

「ええ！　とても気に入りました」

「よかった」

フロランスはこのまま喫茶店に着けていくという。本人がいいというので、止めないでおこう。

「人気なのも頷《うなず》ける品です」

「台座やカラーガラスは既製品だから、私は組み合わせを考えただけなんだけれど」

「それでも、ミラベルは一生懸命、独創的になるように考えたのでしょう？」

「まあ、そうだね」

「だったらこれは、立派なオリジナルです」

「フロランス、ありがとう」

頑張りが報《むく》われた気がして、瞼《まぶた》が熱くなってしまった。

「いつか、原型から作れたらいいなって思っているんだ」

「原型って？」

「原型はデザインした装身具を立体化させること。それをさらに型取りして、完成した型に溶かした金属を流し込んで、装身具のパーツを作るんだけれど」

「普段身につけている耳飾りやネックレスは、ゼロから職人が作っているというわけなんですね」

「そう」

わかっていたものの、実際に目にすると信じがたい気持ちになる。とても人の手で作ったとは思えないくらい、繊細《せんさい》できれいだから。

そんな会話をしているうちに、目的地である喫茶店に到着した。

本日の喫茶店は、フロランスが最近発見したというお店。なんでも、今のシーズンにしか開放していない特別な部屋を予約しているという。

「ミラベル、どんな部屋だと思いますか？」

「うーん。季節感のある部屋なんだよね？」

「季節感……まあ、そうですね。夏には、従業員以外の入室を禁じているとかで」

「夏は禁止？」

フロランスが出題する可愛らしいなぞなぞかと思いきや、本気でわからない。しまいには頭を抱え込んでしまう。

「ミラベル、わかりませんか？」

「うん」

「正解は――温室です」

「ああ、なるほど！」

「なんでも、とあるご令嬢が開いた温室のお茶会が評判になって、今シーズンから始めたものらしいです」

「へえ、そうなんだ」

なんでも、そのご令嬢は自慢の薔薇《バラ》園を見せようと寒空の下でお茶会を開こうとしていたらしい。しかしながら、寒くてお茶会どころではないと抗議された。困り果てたご令嬢を救うように、参加者のひとりが温室でお茶を飲んだらいいと提案したようだ。

温かい温室でのお茶会は大成功。ホッと胸をなで下ろしたという。

「どこかで聞いたことのある話だけれど……」

言いかけて、ハッとなる。とある令嬢とはシャノワール伯爵家のマリアンナ様で、お茶会に文句をつけたのはブルダリアス侯爵家のカロリーヌ様。そして、温室でのお茶会を提案したのは、アナベルに扮する私だ。

まさか噂話《うわさばなし》になっている上に、喫茶店でアイデアを採用されているなんて……！

案内されたのは、喫茶店の庭先にある小さな温室だった。中には、レモンやオレンジなどの南国の果物の木が植えられていた。内部は爽《さわ》やかな柑橘《かんきつ》の香りに包まれている。

そこにテーブルと椅子が置かれ、お茶を飲めるようになっていたのである。

季節は巡り、すっかり肌寒い季節になってきたので、温室の暖かさがちょうどいい感じだ。

そこで、自慢のスコーンと紅茶を楽しむ。

「お待たせいたしました。スペシャルティータイムセットでございます」

焼きたてのスコーンに、三種類のジャムとクロテッドクリームが付いたお茶会セットである。

ジャムはイチゴとブルーベリー、リンゴの三種類あった。

まずはクロテッドクリームを塗ろうとしたが、いつもと違うのに気付いて覗《のぞ》き込む。

「あれ、何これ？」

「ミラベル、どうかなさったのですか？」

「このクロテッドクリーム、なんか膜が張っているなと思って」

「ああ、それはクラストと呼ばれるものです」

「クラスト？」

「新鮮で濃厚な生クリームを使い、じっくり丁寧に仕上げたものにのみある黄金の膜なんですよ」

「へえ、そうなんだ！」

クラストがあるものは、伝統的な手法で作るクロテッドクリームの証《あかし》らしい。黄金の膜が繊細な舌触りと、香りを閉じ込めているのだとか。

「クロテッドクリームは、先にジャムを載せて、その上に塗るとおいしくいただけるんですよ」

「そうだったんだ」

いつも、クロテッドクリームを先に塗っていた。それだと、クロテッドクリームがスコーンの熱で溶けて風味が飛んでしまうらしい。

フロランスが教えてくれた手順で食べてみる。まず、スコーンを手で割ってふたつに分けた。バターの香りが、ふんわりと漂う。焼きたてのスコーンを食べるときの、この瞬間がたまらない。

私はイチゴジャムを、フロランスはブルーベリージャムを塗る。その上に、クロテッドクリームを塗るらしい。クラストを取り除いたり練ったりせず、そのまま掬って食べるのがおいしい食べ方だそうだ。

「ジャムの上にクロテッドクリームを塗るの、けっこう難しい、かも？」

「ですね。いつもは侍女が上手に塗ってくれるのですが」

ふたりで苦労しつつ、なんとかクロテッドクリームを塗った。クラストが黄金色に輝くスコーンを頬張る。

「んんっ〜〜！」

クロテッドクリームの舌触りはなめらかで、味わいは濃厚。これと、甘酸っぱいイチゴのジャムがよく合う。

「おいしい！」

「ですね！」

スコーンを食べ、香り高い紅茶を飲む。優雅なひとときだ。

「今日は日差しが強いので、温室は眩しいかなと思いましたが、案外平気でしたね」

「本当に」

と、ここで気付く。温室の外側に、強い日差しを遮《さえぎ》るものがあることに。

「温室の外につる植物が植えてあるんだ」

「ああ、緑のカーテンが、日差しを遮ってくれているのですね」

フロランスの発言を聞いて、ピンと閃《ひらめ》く。思わず、叫んでしまった。

「緑のカーテン、それだ！」

突然の発言に、フロランスは目を丸くしていた。ハッと我に返り、謝罪する。

「あ、ごめんなさい。職場に、日当たりがよすぎる部屋があって、どうしたらいいのかなって悩んでいたの」

「ああ、そうだったのですね」

デュワリエ公爵の部屋に緑のカーテンを作ったら、強い太陽光もマシになるだろう。

お茶の交換にやってきた店員さんに、話を聞いてみる。

「外のつる植物ですか？　あれはたしか朝顔《ヴォリュビリス》ですよ」

生育旺盛《おうせい》で、葉がワサワサと生えてくれるらしい。緑のカーテンにぴったりなつる植物だろう。

「朝顔だったら、家の庭にあるかも」

アメルン伯爵家のそこまで広くない庭には、いくつかつる植物が生えていたような。その中に、朝顔もあったはずだ。

「緑のカーテン、上手くいくといいですね」

「フロランス、ありがとう」

それから二時間ほどフロランスと会話を楽しみ、家路に就く。

そのまま部屋には帰らず、庭に行って庭師から朝顔の苗を分けてもらった。ワサワサと生い茂る苗を、早速《さっそく》明日植えよう。

翌日――許可を得てグリーンカーテン作りを開始した。

デュワリエ公爵は出勤日でないので、部屋には自由に出入りしていいらしい。すぐに、作業を開始する。

まず、朝顔を植える栽培容器《プランター》を持ち込んで、朝顔の苗を植えていく。そして、窓を覆《おお》うように網を張り、そこに朝顔のつるを絡《から》ませた。

つるが千切れないよう、ハラハラしながら巻き付けていく。

二時間後——緑のカーテンが完成した。

改めて、日差しの強い時間に確認してみる。眩《まばゆ》いくらいだった太陽光は、朝顔の葉によってだいぶ遮られていた。木漏れ日《こもれび》が差し込む部屋は、なんとなく居心地もいい。

デュワリエ公爵が気に入ってくれたらいいな。そんなことを考えつつ、部屋の掃除を行った。

翌日、出勤してきたデュワリエ公爵は、一度もカーテンを閉めなかった。

作戦は大成功である。

他にも、いろいろと環境改善を続けていたら、デュワリエ公爵が毎日出勤するようになった。王宮での書類仕事を持ち込んでいるらしい。なんでも、居心地がいいのだとか。そんな話を聞いたら、私の頑張りも報われる。

なんだか最近顔色もいいようだし、肌つやもいいような気がする。やはり、薄暗い部屋で休憩もせずに仕事をしていたのがよくなかったのだろう。

これからも、無理をせずに頑張ってほしい。

なんだか、このままずっと〝エール〟で働き続けたい。

出勤したら、毎日デュワリエ公爵に会えるし。

彼を支えられることに、喜びを感じていた。

軽食やプティフール作りも、積極的に参加している。ばあやの考えた料理はどれも好評で、とっても誇らしい。もちろん、私が考えたものではなくて、ばあやが考えてくれたのだと話している。マリアさんなんか、ばあやをスカウトしたいだなんて言っているくらいだ。

ただ、ばあやばかりに頼っていられない。私も独自の調査を始める。

昨日は父や兄、執事などの男性陣にどんな軽食があったら嬉しいか聞いて回り、意見をまとめてみた。

好みはさまざまだが、やはり男性はお肉が好きらしい。

兄だけは、野菜がたっぷり入ったキッシュが好きだと話していた。肉ばかりだと食生活が偏《かたよ》ってしまうので、いいのかもしれない。

職人さんを集めて、試食会も開催してみた。好みや好物も聞けるので、いい機会だとマリアさんも言っている。

わいわいと休憩室で過ごす中で、カナンさんがぽつりと呟いた。

「なんか、最近みんな変わったよね。もちろん、いい意味で」

「私もそう思っていました」

最近、デュワリエ公爵だけではなく、〝エール〟も変わった。今まで休憩時間は、雑用係が各々《おのおの》の職人のもとへ軽食と紅茶を運んでいたのだ。

しかし今は、休憩室に用意された飲み物と軽食を、各々食べに来るようになった。

雑用係の仕事が減った分、調理の手伝いができる。そのため、軽食の種類も毎時間三種類と充実していた。

加えて、食べながら、飲みながら作業することをやめた職人達は、休憩時間を挟むことによって作業効率が上がったという。

やはり、休憩は大事なのだろう。

デュワリエ公爵も私が飲み物と軽食を持ってきたときは、作業を中断してくれるようになった。

生産性が向上し、より多くの装身具を作れるようになった〝エール〟は、先日一日の売り上げ記録を更新したという。今まで、欲しくても入手できない人が多かったのだろう。いいこと尽《づ》くめだ。

「ミラさんのおかげだよね」

「え、私ですか⁉」

「何驚いてんの？」

「変化があったのは、みなさんがそれぞれ意識を変えたからで、私のおかげではないのですが」

そんな発言をしたら、揃ってきょとんとした目で見つめられた。

カナンさんだけでなく、他の職人さんやマリアさんからも、〝エール〟の工房が変わったのは私が来てからだと言われてしまう。

「ミラさん、これからもよろしくね」

「は、はい」

ここまで言われても信じられなかったが、これからもお役に立てたらいいなと思った。

明日は、腰が疲れない椅子を作ってもらうために、父が懇意《こんい》にしている鞍《くら》職人を訪問する予定だ。

父が愛用している鞍は、何時間も跨《また》がっても体に負担がないらしい。その技術を、椅子にも応用できないか、話を聞きに行くのだ。

もしも、これが上手くいったら、職人達は職業病である腰痛に悩まされなくてもよくなる。その翌日は従業員達の健康を考えて作る、よりおいしい野菜ジュースをマリアさんと試作するのだ。

このように、仕事は山のようにある。どれもやりがいのあるものばかりで、充実した毎日を送っていた。

これまで、私の娯楽《ごらく》といえばアナベルのフリをして社交場に出かけることだけだった。取り巻きからチヤホヤされて、おいしい紅茶を飲み、上品なお菓子を食べる時間が何よりも楽しかった。

これ以上の快感はないと、思っていたのだ。しかし、それは間違いだった。

現在、自分の頑張りが認められる環境の中で、たくさんの仲間とお茶やジュースを飲み、軽食を食べる時間が何よりも尊い。

アナベルの振りをしているときは何も残らなかったが、今は周囲からの信頼感が私の中に在《あ》る。

ずっとずっと、大切にしていきたい。

これ以上の関係は、望まない。すばらしい作品を生み出す手伝いを、できるだけで幸せだ。

これからも頑張ろうと、気合いを入れる。

## 第二話だけれど、王宮で侍女をするようです！

本日はお休み。今日は街に〝ミミ〟の装身具に使うカラーガラスを買いに行こう。などと計画していたのだが、朝も早くからアナベルに呼び出された。

何用なのか。どうか、面倒事でありませんようにと祈りつつ、本家のお屋敷に向かった。

いつもはふんぞり返って待つアナベルだったが、今日はなんだかしおらしい雰囲気《ふんいき》だった。

「あの、アナベル、どうかしたの？」

これまでになく、大人しい。心なしか、背後で待機するシビルも緊張した面持《おもも》ちであった。

「昨日の夜、これが届いたのよ」

アナベルがさっとテーブルに置いたのは、王家の家紋が印刷された封筒。

「もしかして、王太子殿下からのお手紙？」

「ええ。ちょっと、読んでみて」

アナベルは王太子専属のお馬係である兄を通じて、王太子殿下と文通をしているのだ。

わざわざ私を呼び出して、手紙を見せるということは何かあったのだろう。

「えっ、悪いよ」

「いいから、読みなさい」

「うっ、はい。では、失礼をして」

開封済みの手紙を読ませていただく。そこには、王太子殿下より「傍付きの召し使いになってほしい」と書かれてあった。

なんでも議会のシーズンとなり、王都に人が集まる。これから王宮最大の催し、社交界デビューが開催されるために、人手不足なのだという。

一週間だけ、傍で働いてくれないか。そんな申し出だった。

「え、アナベルが王太子殿下の召し使いに⁉　すごいじゃない！」

「ええ、そうなんだけれど」

「だけれど」

「きちんと務めあげられるか、不安で」

「えー！」

絶対的な自信家で、暴君なアナベルが不安を抱いているなんて。

恋は人を弱くしてしまうのだろうか。

何を隠そう、アナベルは王太子殿下に片思い中なのである。一時期は兄に想いを寄せているのかと思っていたが、それはまったくの間違いだった。兄は兄で、家族に打ち明けていない恋人がいるらしい。この辺は、暇ができたら探りを入れる予定だ。

それにしても、あのアナベルがこんなにも不安がっているなんて。

もしかして、私に応援してもらいたかったのだろうか？

期待に応《こた》えようと、精一杯のエールを送る。

「アナベルだったら大丈夫！　上手くいくよ！　頑張れ！　頑張れ！」

……これで大丈夫だろうか。ちらりとアナベルを見る。すると、壮絶な顔で私をジロリと睨みつけていた。

「ひっ！　ち、違った？　応援してほしいわけではなかったの？」

「違うわよ！」

だったら、なんのために私を呼び出したのか。ただ、話を聞いてほしかったわけではないだろう。

アナベルはいつも自分独りで悩んで決める。私に相談したいだなんて、ありえない。

「もしかして、私がアナベルの身代わりとして王宮へ出仕しろって言うんじゃないよね？」

「それも違うわ。王太子殿下直々《じきじき》に頼まれたことですもの。お役目は、わたくしが務めるに決まっているじゃない」

「だったらなんで、私を呼んだの？」

「それは――」

サッと、アナベルから表情が消える。怖いので、はっきり言ってほしい。

どんな無茶振りをされるのか、思わず戦々恐々としてしまった。

「──、────てほしいの」

「え？」

ボソボソ言うので聞き取れなかった。

もう一度お願いできますか、と申し出る。

「一緒に、王太子殿下の召し使いをしてほしいの」

「ええーーーーっ⁉」

確かに、手紙にはひとりかふたりくらいであれば、供を連れてきてもいいと書かれてあったけれど。ひとり目はシビル。そして、ふたり目は私を連れて行きたいらしい。

「な、なんで私も⁉　シビルがいればいいでしょう？」

「王太子殿下は人手不足を嘆いていられるの。働き手はひとりでも多いほうがいいでしょう？」

「それは、そうだけれど」

「猫の手でも、ミラベルの手でも借りたい状況なのよ」

私の働きを猫の手と同義に語られてしまった。「それは違う！」と言えないのがなんとなく空しい。

アナベルを助けてあげたい気持ちはおおいにある。しかし、しかしだ。私には最大の難関が待ち受けているのだ。

「でも、王太子殿下のもとって、デュワリエ公爵もいるじゃない！　見つかったらどうするの？」

「彼は最近、よく〝エール〟の工房に入り浸っているのでしょう？」

「そうだけれど、ここ数日は王宮で仕事をしているみたいで、〝エール〟に立ち寄らないのよ」

秘書官が〝エール〟の工房にお菓子だけ受け取りにきたのは、ちょっと笑ってしまったけれど。

デュワリエ公爵はばあやが考案したお菓子を、お気に召しているようだ。

「デュワリエ公爵は国王陛下の補佐で、王太子殿下と日頃から顔を合わせているわけではないから、きっと大丈夫よ」

「ほ、本当に？」

「ええ」

アナベルが「大丈夫」と言ったら、本当に大丈夫なような気がしてならない。

不思議なものである。

実を言えば、最近デュワリエ公爵が〝エール〟にやってこないので、専属雑用係は仕事が激減しているのだ。その代わり、マリアさんとお菓子作りをしているわけだが。

おそらく、一週間くらいだったら〝エール〟のお仕事を休めるだろう。

「それに王太子殿下がいらっしゃるのは、王宮ではなく離宮ですもの。デュワリエ公爵はいないわ」

「だったら大丈夫だ！」

「でしょう？　引き受けてくれるわよね？」

「わかった。私も、召し使いをする」

そう答えると、アナベルはホッとした表情を見せていた。


そんなわけで、私はひとまず〝エール〟を一週間ほどお休みする。〝ミミ〟の装身具作りも同様に。デュワリエ公爵の手紙だけは続けなければならないが、これはまあ、どうにかなるだろう。適当に、友達とお茶をしていたとか、ばあやとお菓子作りをしていたとか書けばいいのだ。

私とアナベル、シビルが一週間限定でお仕えするのは、未来の国王である王太子殿下。

名をシャルル＝フェルディナン・ラファエル・ド・オルレアン。御年《おんとし》二十一歳で、結婚適齢期であるものの決まった相手はいない。

というのも、理由があった。王太子殿下は幼少期より病弱で、ここ最近は寝台から起き上がれないほどに症状が悪化しているらしい。

そのため公の場に姿を現すのは、第二王子ルイ・ダングレーム・ド・ヴァロア。御年十三歳。健康状態はすこぶるよく、聡明で周囲からも愛される御方だという。第二王子こそが未来の国王に相応しいという内なる声は、さまざまな場所で囁かれているとか。最近は表だって主張する者もいて、油断ならない状況らしい。

現国王は当然ながら、王太子殿下を次期国王にするつもりである。

そんな状況から、国王派と第二王子派の派閥ができつつあるという。

第二王子派の先陣を切るのは、アナベルとの結婚を望むフライターク侯爵。

もとより、悪辣《あくらつ》な政治手腕で名を馳《は》せる貴族だったらしい。

伯父であり、アナベルの父であるアメルン伯爵はフライターク侯爵に取り入って、第二王子が即位した暁には重要なポジションに収まろうと目論んでいるようだ。

それを阻止するために、アナベルは父親と喧嘩中だという。この件に関してはデュワリエ公爵も動いてくれているので、大丈夫だと思いたい。

もしものときは、アナベルとふたりで修道院に駆け込むつもりだ。

王族を取り巻く問題は、現在ピリピリしている。内乱になるのでは、などと囁く者もいるくらいだ。どうか、平和的な解決をしてほしい。

王太子殿下にお仕えする際に着るお仕着せが届いた。アナベルだけでなく、私やシビルの分まで用意してくださったようだ。

木箱を開くと、光沢《こうたく》とハリがある落ち着いたラピスラズリカラーのドレスが収められていた。

肩部分をそっと持ち上げると、驚くほど軽い。これは、絹だろうか。手触りも最高だ。

スカートの形はふくらみがないストンとした意匠だ。全体のシルエットはスッキリしていて、とても動きやすそうだ。

同じ形のドレスが、三着も入っていた。ドレスは着回しができないので、替えを用意してくれたようだ。細やかな心遣いに、感謝する。

アナベルは派手《はで》な髪型と化粧を封印し、私がいつもしているみたいな地味化粧をするという。私は別に地味な化粧をしているつもりはないのだが。

トレードマークである縦ロールも止めて、まとめ髪で働くらしい。派手じゃないアナベルなんて、アナベルではないだろう。

なんて思っていたけれど、王太子殿下の贈ってくれたセージグリーンのドレスをまとったアナベルは、気品があって美しかった。私とそっくりになるかと思っていたが、やっぱりアナベルのほうがあか抜けていてきれいである。悔しいけれど、認めるしかない。

シビルはミモザカラーのドレスをまとっていた。「派手じゃない？」と心配そうにしていたが、よく似合っている。

ドキドキしながら、私達は離宮へ初出勤をした。

王太子殿下は王都の郊外にある離宮で静養しているらしい。

「以前は、ここまで具合を悪くなさっていなかったのよ」

病弱なのは幼少期からだったものの、それでも起き上がれないほど体調は悪くなかったらしい。

一年くらいで、一気に体調を崩してしまったようだ。

アナベルは以前、兄に誘われて王太子殿下の主催したピクニックに同行したという。それが出会いだったと。

王太子殿下もアナベルに惹《ひ》かれたのかもしれない。でないと、文通なんてしないだろう。もしかしたら、結婚相手に選ばれるかも？　なんて言ったら、アナベルは「ありえない」ときっぱり切り捨てる。

王太子と伯爵令嬢の結婚は、貴賤《きせん》結婚だと言われてしまうらしい。

王族は他国の王女と結婚し、国と国の関係を強固なものとする。これが、王家の慣習だと。

その昔、当時の王太子が子爵令嬢との結婚を望んだことがあった。激昂《げっこう》した王は反対したが、王太子は結婚を押し切ったという。その王太子に下された罰は、廃位だった。

それくらい、身分が離れた相手を選ぶことは危《あや》ういものであるようだ。

「まあ、王太子殿下にとって、わたくしは面白い女だっただけ。飽きたら、忘れ去ってしまうでしょう」

いや、アナベルをただの面白い女その一だとは思わないだろう。アナベルはもしかして自分を過小評価しているのだろうか。そうだとしたら、考えを改めてほしい。アナベルは夜空でさんさんと輝く一番星であると。

そんな話をしているうちに、王太子殿下の離宮にたどり着いた。

国王陛下から与えられた離宮は、かつて王宮で絶大な影響力を持っていた公的愛妾《ロイヤル・ミストレス》に贈られた瀟洒《しょうしゃ》な建物であった。

美しく整えられた庭園を抜け、左右に主塔を配置した左右対称の美しい建物を前にすると熱いため息がでてしまう。本当に、美しい離宮だ。

古典のおとぎ話にでてくるような、豪奢な内装にうっとり見入ってしまう。

ここに本物の王子様が住んでいるのだから、おとぎ話以上にロマンチックな話だろう。

王太子殿下付きの秘書官と挨拶を交わしたあと、寝室に案内してくれるという。いきなり寝室に案内されるとか、ドキドキしてしまう。病状を考えたら、仕方がない話ではあるのだが。

アナベルのあとを歩いていたら、異変に気付く。だんだんと、歩く速さが遅くなっているのだ。

「ねえアナベル、もっとサクサク歩いて」

「え、ええ」

とてつもなく緊張しているのだろう。非常に貴重だが、アナベルが弱気だとどうにも落ち着かない。頑張れと、背中を叩きたくなった。仕返しが怖いから絶対にしないけれど。

一歩、一歩と重たい足を引きずりながら、やっとのことで王太子殿下の寝室にたどり着く。

アナベルは深呼吸を繰り返し、中へと入った。

天蓋《てんがい》付きの寝台に、王太子殿下は横たわっていた。布団に埋もれているので、顔は見えない。私とシビルは壁際に寄って、待機する。アナベルのみ、王太子殿下に呼ばれて傍に近づいた。

「やあ、アナベル。こうして会うのは久しぶりだね」

「はい。王太子殿下におかれましては――」

アナベルは言葉に詰まる。ここで、健《すこ》やかな様子を喜ぶのがお決まりの挨拶だ。だが、王太子殿

下は健やかには見えなかったのだろう。

「アナベル、大丈夫だ。気を使わなくても、いいんだよ」

そう言って、王太子殿下はアナベルの手を励ますように握った。

枝のような、か細い指先が見える。あんなに痩《や》せ細って、具合は相当悪いのだろう。

「お会いできて、心から、嬉しく思います」

「私もだよ。来てくれて、ありがとう。君の顔を見たから、元気になった気がする」

「殿下……！」

ふたりの様子を見ていると、ぎゅっと胸が締めつけられる。王太子殿下の体調がよくなりますようにと、祈らずにはいられない。


ひとまず別室に連れて行かれ、仕事について説明を受ける。

廊下を歩いていると、人の気配はいっさい感じられなかった。王太子殿下のために人払いをしているのだろうか。

バタバタと使用人が行き交う我が家とは、まったく雰囲気が異なっていた。

十分ほど歩いた先にある部屋に通された。使用人のための休憩室だというが、豪奢なシャンデリアがぶら下がっている。こういうところは、使用人も特別待遇なのだろうか。

王太子殿下の秘書は五十代くらいか。優しそうな目元に、苦労が見え隠れする深い皺が特徴のおじさまだ。ピンと張った背筋で私達を見て、質問を投げかける。

「何か、気付いたことはありますか？」

間髪《かんはつ》入れずに、アナベルが答えた。

「明らかに、使用人や護衛の数が少ないかと」

「ご名答」

少なかったのは使用人だけではない。王族の近辺を守る護衛の人数も、圧倒的に数が足りていない。まだ、夜会の会場となる王宮広間のほうが警備は厚かっただろう。

「なぜ、少ないと思いますか？」

秘書は笑顔のままだったが、アナベルは逆に表情が険《けわ》しくなった。何かを試すような質問だと勘づいたのだろう。

アナベルが不快だとばかりに、片眉をピンとつり上げた。このままでは、怒りが爆発してしまうかもしれない。阻止するために、質問に答えた。

「王太子殿下が、ゆっくりお休みできるように、ですか？」

「ある意味正解です」

「ある意味？」

私とシビルは同時に首を傾げたが、アナベルはハッとなる。何かに気付いたようだ。

「えー、そんなわけで、仕事の説明をします」

いや、どういうわけだ。

そんな指摘などできる空気ではなく、仕事について説明がなされた。

「朝は王太子殿下に紅茶を運ぶことに始まり、新聞の一面の読み上げに、朝食の用意、お昼前の紅茶を運び、昼食の用意、午後の紅茶、入浴中の部屋の掃除、シーツや寝具の取り替え、夕食の用意、眠る前の白湯《さゆ》――と、一日に何度も厨房と寝室を行き来していただきます」

侍女とメイドの仕事をひとまとめにした内容である。想像の百倍くらい、忙しそうだ。

高貴な御方は多くの使用人を抱えることを、ステータスとしている。王太子殿下であれば、何百人と使用人を抱えていても不思議ではないのだ。

「以上ですが、何か質問はありますか?」

疑問だらけである。即座に挙手した。

「あの、どうして食事の準備まで、私達でしなければならないのですか?」

「お料理ができると、お聞きしたので」

「いや、できるにはできますが、王太子殿下に召し上がっていただくほどのものでは。それに、軽食やお菓子しか作れません」

「バランスのよい内容であれば、軽食で構いません。王太子殿下は、非常に食が細くなっておりますので」

「いや、そういうときこそ、専門家に作ってもらったほうがいいのでは?」

「私もそう思うのですが、ご覧のとおり人手不足ですので」

一週間だけ、なんとか頑張ってほしいと言われる。

「一週間経てば、なんとか使用人の確保もできますので」

アナベルのほうを見たら、こくりと頷いていた。王太子殿下のために、頑張るつもりらしい。

ならば、私もやるしかないのだろう。

「他に質問は？」

今度は、アナベルが疑問を投げかける。

「新聞を読み聞かせる、というのはどういう意味なのかしら？」

「王太子殿下は最近、視力が弱くなっておりまして。新聞を読むのも辛《つら》いご様子ですので、我々で読んでいたのです」

「そう」

最後の最後に、最大の疑問について質問してみた。

「あの、そもそも、どうして私達なのですか？　普通、男性にお仕えするのは、侍女ではなく近侍《きんじ》ですよね？」

「それは、とある御方からあなた方がいいのでは、と推薦いただいたものですから」

その物言いは、王太子殿下が望んだものではないようだった。

「あの、とある御方とは？」

私達のことをよく知っている人物といえば、兄くらいしか思い当たらないが。それ以外に思いつかないので、質問を投げかける。

「ねえミラベル。何を聞いたって無駄よ。この人、けむに巻くことしか言わないから」

アナベルのぞんざいな物言いも気にする様子はなく、秘書はにっこり微笑んでいた。

「では、よろしくお願いいたします」

私とシビルは愛想《あいそ》笑いを返し、アナベルは腕を組んで「ふん！」と鼻を鳴らすだけだった。

なんていうか、離宮で働くうえでアナベルの暴君っぷりは潜《ひそ》めると思っていたのに、ぜんぜんそんなことはなかった。

アナベルは今日も、自分に素直に生きている。さすがだと思った。

まず、新聞紙を差し出される。これから、朗読を行う時間のようだ。

「アナベル、頼める？　私とシビルは昼食の準備をするから」

「わかったわ」

今から作って昼食に間に合うかわからないが、全力を尽くすしかない。

ここで、アナベルと別れた。秘書が厨房まで案内してくれるらしい。

人気《ひとけ》のない廊下で、シビルに声をかける。

「シビル、頑張りましょう」

「え、ええ。でも、私、お料理できなくって」

「私もそこまでできるわけではないから」

シビルも良家のお嬢様。料理の心得がなくて当たり前なのだ。

「お湯を沸かして、お茶を淹れるくらいだったらできるけれど」

「シビルのお茶はおいしいから、お任せするかも」

「でも、紅茶を飲むのが王太子殿下なんて。ああっ……！」

ガクブルと震えるシビルの背中を撫でる。大丈夫、なんとかなる、たぶんと励ましておく。

「やっぱり、ミラベルもアナベルお嬢様と同じように、肝《きも》が据《す》わっている」

「え、そんなことないよ。私、臆病《おくびょう》なんだから」

「そう？」

ど根性の持ち主であるアナベルと同じ舞台にいるとはとても思えない。

私の心臓が思いの他強いのは、デュワリエ公爵の婚約者の振りをしていたからだろう。

一度、デュワリエ公爵の暴風雪にさらされてしまったら、ちょっとやそっとでは動揺しないのかもしれない。

「こちらが厨房です」

「お、おお……！」

秘書に案内された厨房は、失神しそうなくらい広かった。

「食材は、あと少ししたら運ばれてきます。食器はこの棚にある銀器を使ってください」

施錠《せじょう》された食器棚の中には、眩い銀器が収められていた。

さすが、王族である。カトラリー類はすべて銀らしい。これだけの種類の銀器は初めて見た。アメルン伯爵家でも、こんなに所持していないだろう。

銀器の手入れを知っていますか？　その質問に、シビルだけが頷いた。

「では、あなたが責任を持って管理してください」

そう言って、銀器が収められた鍵を手渡す。

秘書はスケジュールがぎっしり詰まっているのだろう。一度深々と会釈して、小走りで厨房から去って行った。

「いや、なんていうか、とんでもないお仕事を引き受けてしまった感が強い」

シビルは深々と頷く。

厨房を軽く見て回ったが、すぐに異常に気付いた。ここは、買い置きの食材がないどころか、味付けに使う香辛料《こうしんりょう》なども一切置いていなかった。

「え、これ、どうやって調理するの⁉」

シビルと共に、しばし言葉を失ってしまった。食材と一緒にあったらいいね、なんて言い合うことしかできなかった。

「あ、ミラベル、どうしましょう？」

窯の前にいたシビルが、涙目で振り返った。

「今度は何？」

「窯に、火が入っていない」

「大丈夫。私、ばあやから火入れの方法について習ったから」

「本当？　よかった！」

薪《たきぎ》さえなかったらどうしようかと思っていたが、厨房の隅に積み上げてあった。ひとまずホッとする。

「さすが、王太子殿下の食を預かる厨房ね。しっかり乾燥処理されているいい薪！」

「ミラベル、乾燥処理って何？」

「薪は、しっかり乾燥させないと木の中にある水分で上手く燃えないんだよ」

「そうだったんだ」

実家でも節約のために買った安い薪がよく燃えずに、凍える冬を過ごした思い出があった。

もしもアメルン伯爵家の本家であれば、乾燥が不完全な薪を買った使用人は解雇《クビ》になっていただろう。

「よく燃えるのは、樫《かし》の木とか、リンゴの木とか、トネリコとか」

「へえ、そうなんだ。ミラベル、詳しいね」

「これも、ばあやに習ったの」

領地の森へピクニックにいくとき、みんながベリーや木の実を採《と》る中で、私は必死になってよく燃える木の枝を拾い集めていた。もしも安い薪に当たったときに、森で拾い集めた枝を暖炉《だんろ》に突っ込んでしのいでいたのだ。

「ミラベルって、どこでも生きていけそう」

「それ、褒めているの？」

「もちろん」

そんな話をしていたら、食材を手にした男性がやってくる。灰色の髪に細い目が特徴的な、二十歳前後の青年である。恰好や振る舞いから、上流階級の出身だろう。上等なフロックコートをまとっているのに、なぜ力仕事を担っているかは謎だ。挨拶すると、ぎょっとされた。

「あ、あー！　もしかして、新しい召し使いさんですか？」

「そうです」

「よかった！」

男性は一気に、三つの木箱を運んできていた。かなりの力持ちだろう。

「肉と野菜とパン、それから香辛料とかも入っています」

「あの、毎回香辛料まで用意しているのですか？」

「はい。王太子殿下の口にするものは、毎回新しいものを買うように命じられております」

今回持ってきた食料は、昼食用らしい。使わなかった分の食材は、すべて破棄されるようだ。王族はみんなこうなのか。なんとも贅沢な話である。

「残った食材は、食べちゃってもかまいません。ここは他に料理人がおらず、食事は自分達で確保するしかないので」

離宮で働くごくわずかな使用人達は、各々お弁当を持ってきていたり、乗り合いの馬車で街に食事をしにいったりしているようだ。

捨てるのはもったいないので、余ったらありがたくいただこう。

「しかし、一食分で一日分以上の食材があるように思えるのですが」

「ああ、どれがいいかわからなくって、いろいろ買ってきてしまうんです」

「これ、余った食材は養護院とかに寄付できないんですか？」

「できないんですよねえ。基本、離宮内にあるものは持ち出し禁止ですので」

「そうですか」

彼も、誰かの命令で動いているのだろう。引っかかるところはあったが、これ以上追及しないでおく。

「王太子殿下に、おいしい料理を作って差し上げてください」

「お口に合うかどうか、わかりませんが」

「大丈夫ですよ。ここ数日、料理経験がない私の料理を文句ひとつ言わずに召し上がっていましたから」

「え⁉」

明らかに、包丁なんぞ握った経験などないように見える青年の料理を、王太子殿下が口にしていたと？

「えっと、参考までに、どんなお料理を作られていたのですか？」

「基本、加熱のみです。食材は火が通っていたら、とりあえずは食べられるでしょう？」

「ま、まあ、間違いないですが」

焼いた肉に魚、野菜にパンという内容を王太子殿下に提供していたらしい。それでも、王太子殿下は何も言わずにお召し上がりになっていたようだ。

食が細いという話を聞いていたが、細くならざるをえない状況だったのか。

私の中にあった料理に対する自信が、少しだけ大きくなる。少なくとも、こちらの青年が作る料理よりはマシだろう。

「あの、王太子殿下は苦手な食材とか、料理はありますか？」

「ないですよ。なんでもお召し上がりになります」

「そうですか」

それにしても、いったいどうして素人同然の青年に食事を作らせていたのか。先ほど秘書にはぐらかされた疑問を再度投げかけようか。

先ほど秘書に質問したときには、王太子殿下がゆっくり休むために人を少なくしている、という回答がある意味正解だと言っていた。

しかしながら、食生活がこれでは元気もでないだろう。

「あの、どうしてここは、極端に使用人が少ないのですか？」

質問したあと、ずっと笑顔だった青年が急に真顔になった。

空気も、ぴりっと震えたような気がする。視線も、鋭くなった。急な変貌に、鳥肌が立ってしまう。しかしそれも一瞬のことで、青年はすぐに笑顔になった。

「使用人が少ないのは、王太子殿下をお守りするためですよ」

いったいどうして、使用人の数を減らすことが王太子殿下を守ることに繋がるのか。

重ねて質問しようとしたが、青年は「では、また！」と言って颯爽といなくなる。夕食の買い出しに行かないといけないらしい。なんというか、ご苦労様だと言いたくなった。

再び、厨房にはシビルとふたりきりとなる。

ぽつんと取り残されてしまった。

「ねえ、シビル。今の、どう思う？」

「うーん。何か思惑《おもわく》がありそうだけれど、私達は気にしないほうがいいのかなって」

「私もそう思う」

探るような真似をしたら、きっと離宮から永遠に追放されてしまうだろう。

アナベルの顔に泥を塗るような行為はしたくない。だから私達は、命じられた仕事をせっせとこなすまでだ。

気持ちを入れ替えて、ドレスの袖をまくる。

「よーし！　食材を拝見させていただきますか！」

木箱の蓋を広げて、食材の確認をした。

「うっわ！」

昼食用にと買ってきた食材は、キラキラと輝いている。普段はお目にかかれないような高級食材が、ぎっしりと詰め込まれていた。

「シビル、見て！　白と黒のトリュフがゴロゴロ入っている！」

「本当だ。あ、ミラベル、キャビアの瓶詰めもある！」

タラやヒラメなどの新鮮な魚に、ムール貝やカキなどの貝類もある。お肉は豚、牛、鶏、羊と揃っていた。野菜も、料理によく使う基本的なものが木箱に詰め込まれていた。香辛料も、十分なくらい揃っている。

「ミラベル、調理できそう？」

「うん、大丈夫。これだけ高級な食材だったら、まずくなるほうが珍しいから」

きっと何を作っても、素材の味が勝利するだろう。

一通り食材を確認し、献立を考える。

「よし、決まった！　シビル、お手伝い、よろしくね」

「ええ、もちろん！」

まずは、スープ作りから始めよう。寸胴鍋《ずんどう》にタマネギ、ニンジン、セロリ、パセリ、鶏胸肉、ローリエとタイム、塩と胡椒をパッパと振ったものに水を入れてしばし煮込んでいく。

本格的なブイヨンは数日かけて作るようだが、ばあや直伝《じきでん》のなんちゃってブイヨンは一時間くらいしか煮込まない。味に深みはないものの、わりとおいしく仕上がる。

ブイヨンを煮込んでいる間に、二品目の調理に取りかかった。

「ミラベル、次は何を作るの？」

「パテにしようかなって」

鶏レバーがなぜか大量にあったので、パテを作って消費する。

貧血気味な〝エール〟の職人が多かったので、ばあやに作り方を習ったのだ。王太子殿下も顔色が悪かったので、これを食べて元気になってほしい。

パテというとペースト状のものを想像するが、ばあやのパテは固形だ。田舎風のパテと呼んでいるらしい。パウンドケーキみたいな長方形で、カットして食べる。これが絶品で、〝エール〟でも「おいしかったのでまた作ってくれ」と言われるくらい評判がよかったのだ。

材料は鶏レバー、豚肉、ベーコン、タマネギ、ニンニク、卵、ナッツ、香辛料などなど。

最初に、鶏レバーを血抜きする。とはいっても、塩で揉んだあと水に十五分ほど浸して、そのあと水を切るだけ。非常に簡単だ。

血抜きが終わったらしばし牛乳に浸し、臭い消しをする。これをするのとしないのとでは、仕上がりがぜんぜん違うのだとか。こんな感じで、鶏レバーはしばらく放置。

続けて、豚肉の下ごしらえをする。豚を一口大にカットし、塩、胡椒、香辛料、酒に漬け込んでおくのだ。これも、しばらく放置である。

次に、野菜をみじん切りにして、豚肉は角切りにする。

私は野菜を、シビルは肉を切ってもらう。これが、地味だけれどけっこう大変なのだ。

若干運動不足である私は、ゼーハーと肩で息をしつつやりきった。

みじん切りにした野菜は、火が通るまでざっくりと炒める。

手が空いたシビルには、次なる指示を飛ばした。

「シビル、今度はこの下味を付けた豚肉を、細かくみじん切りにしてくれる？」

「わかった」

その間に、私はナッツ類を炒める。こうすることによって、食べたときに香ばしさを感じるのだとか。ナッツはお好みで。今日はカシューナッツを砕いたものを入れる。肉のカット専門職人になっているシビルに、鶏レバーを切り刻む作業を任せた。

「鶏レバーの白い筋を取り除いて、ペースト状になるまで切ってくれる？」

「了解」

私は氷で冷やしておいたボウルにひき肉を入れて、塩を入れた状態のものを練っていく。これに、材料をだんだんと足していき、最後に溶かしバターと卵、ブランデーを垂らしてさらに練っていくのだ。

パテを焼く陶器の器に油を塗って、薄くカットしたベーコンを敷き詰めていく。これに、完成したパテの生地を詰め込んで、ベーコンで巻いていくのだ。これを、蒸し器で加熱する。火が通ったら、氷水に浸けて冷やすのだ。

一晩経ったら味が馴染むというが、今日はこのままお出しする。

これにて、田舎風パテの完成だ。

途中、アナベルがやってくる。お昼前の紅茶の時間らしい。準備はシビルにお任せした。

「ミラベル、昼食は――大丈夫そうね」

「うん、なんとか仕上がりそう」

ばあやと一緒に勉強した料理が、ここで役立つとは思わなかった。努力は巡り巡って、思わぬところで役立つのだ。

「アナベルのほうはどうだった?」

「王太子殿下は、大変な状況にいるみたい」

「そっか」

病気の悪化に加えて、視力も落ちているとか大変な事態だろう。どうにか、アナベルには王太子殿下を支えてほしい。

「ミラベル、王太子殿下のお食事の準備を、最後まで頼むわね」

「ええ」

アナベルはシビルが淹れた紅茶を持って、厨房を出て行った。

「ミラベル、次は何をすればいい？」

「そろそろ、ブイヨンがいい感じかも。漉《こ》し器を用意してくれる？」

「わかった」

この辺で、ブイヨンが完成する。スープを漉したものに、ジャガイモやタマネギ、キャベツなどを入れてじっくりコトコト煮込んだ。仕上げにソーセージを入れたら、ポトフとなる。

最後は、メインである舌平目《したびらめ》のムニエルだ。料理名だけ聞いたら高級な料理のように思えるが、作り方はシンプルそのものである。

まずは、塩、胡椒を振って下味をつけ、これに小麦粉をまぶしておく。

次に、オリーブオイルを垂らした鍋を熱し、温まった状態で舌平目を焼いていく。途中で、香り付けの白ワインを少々。ボッと火が上がったとき、シビルとふたりで「ぎゃー‼」と悲鳴をあげた。

離宮は使用人が少ないので、悲鳴をあげても誰もやってこない。今回に限っては助かったが、これが緊急事態だったら非常に危険だろう。明日は護身グッズを持って出勤しなければ。

火が通ったら、シビルがスライスしたレモンの上に舌平目を置く。

ソースはバターと刻んだ黒トリュフを混ぜたもの。初めて作るものだが、なかなかおいしかったように思える。

それを舌平目にかけて、周囲にキャビアを置いてみた。これで、高級食材は使い切った。

舌平目のムニエルの完成である。

そんなわけで、王太子殿下の昼食が完成した。アナベルがやってきたので、運んでもらう。

「これ、本当にミラベルが作ったの？」

「そうだけれど」

「すごいわ」

「え⁉　そ、そう？」

「きっと、王太子殿下も喜んでいただけるはずよ」

「だったら、嬉しいな」

このあと、秘書が毒味をしたのちに食べるのだという。毒味なんて失礼な、と思ったが王族が口にするものはすべて、料理に毒が仕込まれていないか確認したのちに食べるらしい。そのため、できたてあつあつの料理を口にすることは一生ないようだ。

「なんだか、悲しい人生だね」

「別に、温かい料理を食べることだけが、人生の喜びではないでしょう？」

「そうだった」

盛り付けた銀のお皿にクローシュというドーム型の蓋を被せ、手押し車に乗せていく。

「じゃあアナベル、料理達をよろしくね」

「ええ。責任を持って、王太子殿下にお届けするわ」

アナベルを見送ったあと、自分達の料理を用意する。ここで使いきらないと処分するというので、惜しげもなく使った。

一時間後、アナベルが戻ってくる。

「アナベル、どうだった？」

「お料理、どれもおいしかったとおっしゃっていたわ」

「よかった～～」

この一時間、生きた心地がしなかったのだ。料理を準備しながらも、緊張からまったくお腹《なか》が空いたように思えなかったのである。

アナベルからの報告を聞いて安心したのか、ぐ～～っとお腹の虫が鳴った。

「すごい音ね」

「お腹ぺこぺこだったみたい。アナベル、シビル、昼食を食べましょう」

「そうね」

めったに味わうことのない、トリュフとキャビアをふんだんに使った料理を作ってみた。トリュフのリゾットに、トリュフのパスタ、炙《あぶ》り肉のトリュフソース。ゆで卵のキャビア添えに、キャビアとムール貝の冷菜、キャビア生ハムパンなどなど。

それに、先ほど作ったポトフと田舎風パテも残っていたので食べる。

「何よ、これ。まるでパーティーじゃない」

「だって、お昼のうちに食べなければ処分するって言うんだもの！」

「そうだったのね。すべて捨てるなんて、もったいないわ」

これでも、一生懸命料理したものの、木箱の中には使い切れなかった食材が残っていた。それらは、アナベルに見せないほうがいいだろう。

「だったら、秘書や食材運びのお兄さんに食べてもらうとか」

「ああ、それだったら、いいかもしれないわね」

対策としてあらかじめ品目を決め、それに合わせて食材を買ってきてもらうのはどうか。なんてことを話し合う。ひとまず、アナベルを通して秘書に相談した。

その後も、王太子殿下の傍付きはアナベルが、私とシビルは厨房係に徹する。

一日中、厨房に立ち続けるというのはなかなか大変だ。

普段、そういう仕事をしている〝エール〟のマリアさんや、かつてスティルルームメイドだったばあやはすごいなと改めて思ってしまった。

一日の仕事が終わり、くたくたな状態で帰宅する。

馬車の中で、反省会が行われていた。

「ミラベルはヘラヘラしすぎなのよ。もっと、表情を引き締めておきなさい」

「難しいな」

「シビルは、怯《おび》えた表情で王太子殿下を見ないの」

「す、すみません」

いきなりアナベルのように、堂々たる態度で勤務するのは難しいだろう。アナベルは特別で、私やシビルはごくごく普通の貴族女性なのだから。

「ただ、お料理はすばらしかったわ。王太子殿下も、夕食は完食されたの」

食が細くなっていたのは、やはり焼くに特化された献立のせいではないのか。まあ何はともあれ、完食してくれたというのでホッと胸をなで下ろす。

「ミラベル、シビル、明日もよろしくね」

「ええ」

「もちろんです」

アナベルやシビルと別れ、ふらふらになりながら帰宅する。私室の机にデュワリエ公爵から届いていた手紙が置かれていたが、開封する元気すらない。

温かいお風呂《ふろ》に入ったあとは、泥のように眠ってしまった。


それから数日の間、私とアナベル、シビルは王太子殿下にお仕えする仕事に励んだ。

献立を決めて食材を買ってきてもらう案も通り、食材に無駄もなくなった。

レパートリーを増やすため、離宮にばあやを招くことも許可される。

ばあやは王太子殿下にお仕えできて、心から感激しているようだった。

慣れない仕事の数々で戸惑う瞬間も多かったものの、なんとかやりきる。


七日目——最後の最後に、王太子殿下よりお言葉をいただいた。

一日目は寝たきりで起き上がれなかった王太子殿下も、起き上がれるようになったようだ。顔色もぐっとよくなり、枝みたいだった指先もわずかに肉付きがよくなったような気がする。

なんでも、七日前に主治医を変えたらしい。そのおかげで、快方に向かっているようだ。

加えて、ばあやと私、シビルが作った料理も、健康に近づく一歩だったという。話を聞いていたばあやは、号泣《ごうきゅう》していた。胸がいっぱいになってフラフラになっていたので、シビルが別室に連れて行く。

「アナベル、ミラベル、ふたりともありがとう。心から、感謝している」

アナベルがしているように深く頭を下げる。

視界の端に映るアナベルが、かすかに震えているように見えたのは気のせいだろう。

「アナベル、ミラベルも、時間ができたら、ゆっくり話をしよう」

もったいないお言葉に、アナベルとふたり深く深く頭を下げたのだった。

王太子殿下の寝室を辞して、アナベルとふたりで廊下を歩いていたら、前方から見知った顔がやってきていることに気付いた。

「げっ！」

銀色の髪に、アメシストの瞳を持つ美しい男——デュワリエ公爵だ。

こんなところで会うなんて。ちらりとアナベルを横目で見てみたら、思いっきり顔を顰《しか》めていた。

今は濃い化粧をしていない。

もしかしたらバレないかもなんて思っていたが、人生甘くはなかった。

「アナベル嬢！」

ズンズンズンと、デュワリエ公爵がこちらに向かって歩いてくる。

「え、やだ、嘘！」

遠目で見ただけで、気付くなんて。恐ろしい御方だ。

逃げようとしたが、アナベルがガッシリと私の肩を掴んだ。

「ア、アナベ……！」

「アナベル、婚約者であるデュワリエ公爵が、いらっしゃっているわ」

「いや、私、アナベルじゃ——」

「行ってらっしゃい、アナベル！」

そう言って、どん！　と背中を押されてしまった。そのまま、デュワリエ公爵の胸の中に飛び込んでしまう。

何を思ったのか、デュワリエ公爵は私をぎゅっと抱き返した。

「アナベル嬢、よかった。手紙の返信がないから、心配していました」

「あ！　すっかり忘れ――いえ、少々忙しく、お返事を書く暇がありませんでしたの」

「そうだろうと思っていた」

実際には忘れていたのだが、そういうことにしておいた。

デュワリエ公爵から離れずに、必死に縋《すが》っていたので不審に思われる。

「アナベル嬢、どうかしたのですか？」

「あ、あまり化粧をしていなくて、恥ずかしいのです」

「別に、恥ずかしがらなくても」

「デュワリエ公爵の前では、いつでも美しくありたいのです」

「そう、だったのですね」

デュワリエ公爵は感激しきったような声色で、言葉を返す。その後、上着を脱いで私の頭からかけてくれた。

「お貸ししますので、どうぞご自由に使ってください」

「ありがとうございます」

上着を被って歩く様子は、連行される犯人にしか見えないだろう。けれど今は、ありがたく被っておく。

「デュワリエ公爵は、王太子殿下にご挨拶をしに？」

「そうです」

「でしたら、また今度、お目にかかれたら嬉しく思います」

「ええ」

「お手紙も、書きますので」

「アナベル嬢も、どうか無理はせずに」

「ありがとうございます」

デュワリエ公爵は颯爽と、廊下を歩く。すれ違うアナベルは、顔が見えないよう優雅にお辞儀をしていた。

誰もいなくなった廊下で、アナベルがポツリと呟く。

「驚いた。あの人、ミラベルの前だとデレデレなのね」

「え、デレデレだった?」

「見るのも恥ずかしいくらい、デレデレだったわ」

まあ、デレデレでもない人が上着なんぞ貸してくれるわけがないだろう。

それにしても、この上着、ものすごくいい匂《にお》いがする。いつものデュワリエ公爵の匂いだが、普段よりも濃いのだ。

恥ずかしくなったので、被っていた上着を脱ぐ。丁寧に畳んで、手に持った。

「きれいに洗濯してから返したほうがいいよね?」

「ええ。ミラベル臭がこびりついているかもしれないから、きれいに洗ったほうがいいわ」

「ミラベル臭って、なんかやだ」

途中、ばあやとシビルと合流し、家路に就く。

「なんていうか、大変だったわね。ミラベルやシビルだけでなく、ばあやにまで迷惑をかけてしまって申し訳なかったわ」

「いいえ、アナベルお嬢様、王族にお仕えできる名誉をいただけるなんて、僥倖《ぎょうこう》ですよお」

「ばあや、体の具合はよくなったの？」

「この通り、元気です」

「だったらよかったわ」

たった七日間だったが、濃い毎日だった。明日からはまた、平穏な日々に戻るだろう。

何はともあれ、頑張った。

今日だけは、自分で自分を褒めてあげようと思った。

帰宅後、アナベルが我が家にやってくる。いったい何の用事だろうか。

これまでになく神妙な面持ちで、喋《しゃべ》り始めた。

「あなたは気付いているかもしれないけれど、王太子殿下は誰かに毒を盛られていたみたいなの」

「え!?」

なんと、驚いたことに王太子殿下の体調不良の原因は、毒によるものだったらしい。

食器がすべて銀器だったのも、毒を警戒しているからだったのだ。

「銀は毒に触れると、黒くなるんだっけ？」

「ええ」

なんでも、王太子の病状の変化をいち早く疑い、傍付きの使用人が犯人であると突き止めた人物がいたらしい。他でもない、デュワリエ公爵である。

「デュワリエ公爵が調査して、王太子殿下にお仕えする使用人の、不自然な採用や暗躍に気付いたようなの」

「そうだったんだ」

それはすぐに検出されるような毒ではなく、少しずつ少しずつ命を削るようなものだったと。

もとより、王太子殿下は病弱だった。体の調子が悪くなっても、毒を仕込まれていたなどと気付かなかったようだ。それにつけ込むような毒だったらしい。そもそも、侍医も毒殺の主犯が仕向けた者だったとか。

「毒も即効性じゃなかったら、気付きにくいんだね」

使用人は当然解雇。

全員、徹底的に犯行を調べ上げて、しかるべき刑に処したようだ。

「今回、わたくし達が呼ばれたのは、デュワリエ公爵が信用する者として第一にわたくしの名を挙げたようなの」

デュワリエ公爵が信用するアナベルとは、つまり私のことなのだろう。光栄と言えばいいのか。

「デュワリエ公爵は婚約者であるわたくしを深く愛している――なんて話を王太子殿下がされるものだから、胸が張り裂けそうだったわ」

「アナベル……」

「自業自得《じごうじとく》だわ。悪いことをしようとしたら、必ずしっぺ返しを受けてしまうの。世の中、悪い行為は働けないようになっているのよ」

私も罪の片棒を担いでいる。いつか、アナベルと同じようにしっぺ返しを喰《く》らうのだろう。

「大丈夫よ、ミラベル。あなたは悪くないわ」

「そんなことないよ。私だって、デュワリエ公爵を騙したし。もしも、修道院に行くような事態になったら、絶対にひとりで行かないでよね！」

「ミラベル……」

私達は双子ではないけれど、双子のように一心同体。

もしもアナベルが修道院に身を寄せるのであれば、私もついて行く。アナベルのいない人生なんて、考えられないから。

「ミラベル、ありがとう」

「どういたしまして」

王太子殿下が命を狙《ねら》われていることについて、私やシビルが怖がってはいけないと思って黙っていたようだ。

ひとりで問題を抱えて、大変だっただろう。

ちなみに離宮には、デュワリエ公爵が厳選した信頼のおける使用人達が働いているらしい。人手不足は解消されたようだ。

いろいろあったけれど、七日間、なんとか乗り越えられた。

王太子殿下の問題はデュワリエ公爵が解決してくれるだろうし、これから先はきっと平和な日々が待っているはず。

そう、信じていた。

## 第三話だけれど、トラブルに巻き込まれました！

デュワリエ公爵に送った手紙の返信が、翌日に届いた。

何か緊急の用事だろうかと思いつつ、開封する。その予想は、見事に的中した。なんと、手紙には明日にでも時間を作れないかとある。先日会ったばかりだが、改めてゆっくり会いたい、とも。

加えて、重要な話もあるという。

もしかしたら、フライターク侯爵を巡る婚約話に決着がついたのかもしれない。アナベルとの約束の一ヶ月後まであと五日ほどだが、予定が早まったと思えばいいのか。

仕事の日であれば断るのだが、デュワリエ公爵と私の休日はもれなく一緒なのだ。会えない理由は、残念ながらまったくない。

せっかくなので、ついでにアナベルも一緒にいって謝罪と決め込もうではないか。なんて誘ってみたものの、その日はダンスのレッスンが入っているようだ。私とダンスレッスン、どちらが大事なのよと迫ってみたが、アナベルは涼しい表情で「ダンスレッスンに決まっているじゃない」などとのたまった。

そんなわけで、私ひとりで行くしかない。

入れ替わりについては、ふたりが揃ったときに話すことにした。とりあえず、明日は会うだけ。公爵家から迎えが来るというので、久しぶりにアナベルの恰好をして行かなければ。

翌日――。

シビルがデュワリエ公爵との面会について来ようとしたが、アナベルの傍にいるようにお願いしておいた。最近、アナベルの元気がないから。

思いの他、王太子殿下にデュワリエ公爵とラブラブであると勘違いされた件が堪《こた》えているらしい。暴君アナベル様も、ごくごく普通の恋する乙女《おとめ》というわけなのだ。

アナベルが抱える問題はそれだけではない。

デュワリエ公爵がアナベルに護衛を派遣したのだ。

なぜ、護衛を……？　と思ったのだが、アナベル曰《いわ》く王太子殿下の毒殺未遂事件に関連しているのだという。

現在、デュワリエ公爵が王太子殿下に仇《あだ》なす者について猛烈《もうれつ》に調査している。そのため、デュワリエ公爵の弱点としてアナベルが狙われる可能性があると。慣れない人達が傍にいるというのは、精神的に疲れてしまう。

そんなわけで、シビルにはアナベルの精神的なサポートもお願いしておいた。

シビルはアナベルだけでなく、私も心配だという。

「ミラベル、ひとりで大丈夫？　なんか、具合悪そうに見えるけれど？」

昨晩は夜遅くまで、〝ミミ〟の装身具を作っていた。来週はバザーがあるし、雑貨店から追加で納品してくれと突《つつ》かれていたのだ。

作業が終わって眠ったのは、明け方だった。

眠気に襲われているものの、デュワリエ公爵を前にしたらシャッキリ目が覚めるだろう。

「私もついていったほうが――」

「平気。デュワリエ公爵も忙しいから、会う時間は短いだろうし」

シビルの肩をポンポンと叩き、安心させる。

「とにかく、シビルはアナベルと一緒にいて。すこぶる元気がないようだったら、チョコレートパイを作るようにばあやに頼んでくれる？　アナベルの大好物なの」

「わかった」

シビルが整えてくれたアナベルの恰好で、玄関に向かう。

もう、あと何回アナベルの身代わりができるのか。

もう開き直って、楽しいアナベルライフを満喫しようとか、そういうことまで考えている。

「あ、馬車がきた。じゃあシビル、行ってくるね」

「ええ、行ってらっしゃい。ミラベル」

少し早い到着だが、遅れるよりはいいだろう。

馬を操る御者は、御者台から降りずに私を見下ろしていた。

早く乗れと、訴えているように見える。

はいはいと心の中で返事をしながら、のっそりと乗り込んだ。

合図を出さずとも、馬車が走り始める。

ガラガラという車輪の音と、馬の蹄鉄《ていてつ》の音が心地よく耳に届いた。

「ううん……」

さすがに睡眠時間が少なかったからか、ものすごく眠たい。規則的に揺れる馬車が、眠気を誘ってくれる。少しだけ微睡《まどろ》むくらいならば、許されるだろう。

少しだけ、少しだけ……。そんなことを考えながら、眠ってしまった。

それが、よくなかったのだろう。浅く眠るだけのつもりが、どっぷり深く眠ってしまった。

馬車がガタン！　と音を立てて大きく揺れた。ハッと覚醒する。

今の揺れはなんだったのだろうか。王都の整備された石畳では、ありえない衝撃だった。

窓を覆っていたカーテンを開いて驚愕《きょうがく》する。

目の前に広がるのは、木と木と木――森だった。

どれだけ眠っていたかはわからないが、太陽の位置がさほど変わっていない点から推測する。おそらく、移動は一時間以上、二時間以内といったところか。

御者台があるほうのカーテンを開くと、アイロンがかかっていないシャツを着た後ろ姿が見える。

ドンドンと叩くが反応はいっさいない。

「すみません、止めてください!!」

いつも車内に置かれている、御者に合図を出す棒なんて置かれていなかった。拳で車体の壁を叩いても、止まってくれない。

ここでようやく、異変に気付く。御者は、いつもやってくる人ではなかった。乗り込む際に、御者席から降りない時点で気付くべきだったのだ。

他にも、不自然な点はあった。

馬車もいつも乗っているものよりシートカバーの張りや、木の質感が異なっていた。高級そうな外見をしているものの、実際に近くで見て、触れたら気付く。まったくの安物であると。

この馬車は、デュワリエ公爵の物ではない。

森を走る馬車、反応しない御者、いつもと異なる馬車――このことから考えて、私はおそらく何者かに誘拐《ゆうかい》されているのだろう。

寝不足のせいで、警戒心が極限まで薄まっていたのだ。

「どうして、こんなことに……!?」

馬車の座席にへたりこみ、頭を抱え込んでしまう。

通常であれば、貴族の馬車には座席の下に護身用の小銃《リボルバー》が置いてある。

しかし、この馬車にはなかった。それどころか、武器になりそうなものはひとつもない。

馬車の扉は内側からも開けられる構造だ。だが、馬車が走っている中で飛び出したら、体を地面に叩きつけられてしまうだろう。怪我《けが》だけでは済まされないかもしれない。

こういうとき、物語のヒーローは颯爽と現れて、ヒロインを助けてくれる。

でも私の物語には、残念ながらヒーローはいないのだ。

デュワリエ公爵の顔が、脳裏を過《よぎ》った。彼は、私の物語のヒーローなんかではない。

ぶんぶんと頭を振って、デュワリエ公爵の姿を消そうとした。けれど、私の中で彼の存在はあまりにも大きい。簡単には、消えてくれなかった。

それにしても、まさか私が誘拐されるなんて……。

危険なのはアナベルと、どこか他人事のように思っていたのかもしれない。

私は、大馬鹿者だ。

危険はアナベルの身代わりを務める私にだって、襲いかかってくるのだ。

これが、デュワリエ公爵を騙した私の罰なのだろう。どれだけ心の中で謝っても、許されるわけではなかった。

馬車はそのまま一時間ほど走り、湖の畔《ほとり》にたどり着く。近くには、小屋が建っていた。

霧が深く、辺りは昼間なのに不気味だ。王都の郊外に、こんな場所があったなんて。

もう、ここまで来てしまったらどうにもならないだろう。連れて行かれる際に乱暴されないよう、眠ったふりをしておく。

変に、誘拐犯の裏をかいて逃げないほうがいい。

ここは深い森の奥だ。霧も濃い。運よく逃げられたとしても、王都に戻るのは困難だろう。大人しくしていたほうがいい。

正直、かなり怖い。

けれど、奇跡が起きて助けが来るまで耐えるしかなかった。

しばらくして、馬車の扉が開かれる。

「なんだ、眠っているな」

「誘拐されたのも、気付いていないようだな」

誘拐犯は、ふたり組らしい。声色から、四十代から五十代くらいだろう。

先ほど馬車を力いっぱい叩いたが、気付いていなかったようだ。道がでこぼこだったので、その振動にかき消されていたのかもしれない。

「この棒は、必要なかったな」

「一応、もっておけよ。途中で暴れるかもしれないし」

その会話を耳にした瞬間、全身鳥肌が立った。予想通り、私が悲鳴をあげたり、暴れたりしたら棒を使って大人しくさせようとしていたようだ。

男達が、馬車の中に乗り込んでくる。恐怖で、全身の肌が粟立《あわだ》った。

「これが、デュワリエ公爵の婚約者か」

「美人だな」

「いや、こいつは厚化粧なだけだ。化粧を落としたら、化け物かもしれん」

誰が化け物だ。腹が立ったが、ぐっと奥歯を噛みしめて耐える。

乱暴に腕が掴まれた。ぞわっと寒気がして、悲鳴をあげそうになったが喉から出る寸前で飲み込んだ。

「わかっているよ」

「おい、丁重《ていちょう》に扱えよ。大事な人質なんだから」

そんな会話をした次の瞬間に、座席から引きずり落とされる。ゴン！　と頭を強くぶつけてしまった。

頭から落とされた。信じられない。

「おい、何をしているんだ‼」

「いや、どうやって降ろしたらいいのか、わからなくてよ」

「起きたらどうするんだよ‼」

とっくの昔に、目は覚めておりますが。

悲鳴をあげなかった自分を、最大限に褒めたい。

男達はふたりがかりで、私を持ち上げる。森で仕留めた獲物《えもの》のように、手と足を分担して持ち、えっさっさと小屋に運んでくれた。

下ろすときは、小麦の大袋を置くとき同様、放り投げてくれた。〝丁重な扱い〟とは、いったい……。

手と足を縛られ、男達は小屋から出て行った。

はあと、息を吐き出す。決して、安堵のため息ではない。

湖の畔にある小屋は、貴族の娯楽用に建てられた物件のようだ。手漕ぎボートに、釣り竿、ボールと、楽しい行楽の品々が置かれている。

定期的に訪れて、管理する者がいるのだろう。内部は埃《ほこり》臭さなどなく、見渡す限り目立つ汚れや塵《ちり》などが落ちていない。

だからといって、安心はできないが。

男達は、デュワリエ公爵の名を口にしていた。きっと、アナベルの身柄を餌《えさ》に、身代金を要求するつもりなのだろう。

デュワリエ公爵の足を引っ張るような事件に巻き込まれてしまった。

なぜ、やってきた馬車にホイホイ乗ってしまったのか。

もしかしたら、あとからやってきた公爵家の御者が、私がいないことを不思議に思って通報してくれているかもしれない。

が、ふと疑問が浮かんでくる。

そもそも、私を誘う手紙自体、本物だったのかと。

そういえば、珍しく手紙にはデュワリエ公爵家の家紋印が押されていなかった。文字は、どうだっただろうか。あまり、記憶にない。けれど、私を誘う文章が、いつもより砕けていた気がしなくもない。

忙しさと戦っている中で読んだからか。あまり集中していなかった。

思い返したら、おかしな点がいくつもある。なぜ、すぐに違和感を覚えなかったのか。

私がもっとしっかりしていたら、誘拐なんてされなかったのに。

こうして誘拐されてから、自分を責めても遅い。

はーーと、あまりにも深く長いため息をついた瞬間、小屋の扉が開かれる。

やってきたのは、フロックコートを纏った背の高い細身の男性。

一瞬、デュワリエ公爵かと思ったが、違った。一歩足を踏み入れただけなのに、香水が強く香っていた。鼻にツンとくる、きつい臭いだった。デュワリエ公爵は、このように強い香水なんて使っていない。

深く被っていた帽子を取ると、相手の容貌が明らかになる。

前髪は撫で上げており、垂れた目元に薄い皺がある。ブラウンの冷徹な瞳が、私を見つめていた。

高い鷲鼻《わしばな》に、きつく結ばれた唇《くちびる》を持つ男性に、見覚えはなかった。

年頃は四十前後か。若いときはさぞかしカッコよかっただろう、という雰囲気である。

ふいに、男性の口元に笑みが浮かぶ。朗《ほが》らかさはなく、嘲《あざけ》り笑いだ。

「俺《おれ》が、誰だかわかるか？」

知らんがな。そんな言葉を、発する前にごくんと飲み込んだ。

「あまり、賢くはないようだな。この俺を知らないとは」

意味ありげに言われても、面と向かって挨拶を交わさない限り、知りようがないだろう。

誰だかわかるか？　という問いかけから、アナベルの知り合いでもないのは確かだ。

そんな状態で、自分は有名人だから知っているはずだと主張するのは、自惚《うぬぼ》れが強い。

ただ、生意気な態度はとらないほうがいいだろう。何をするか、わからないから。

「あなたは、誰？」

「フライタークといえば、わかるだろう？」

「あ、あなたが!?」

ずっと、話題の中だけに登場していたフライターク侯爵が、今、目の前にいる。

フライターク侯爵は三十八歳だと聞いていた。目の前の彼も、それくらいに見える。

「な、なぜ、私をここに、連れてきたの？」

「交渉の材料にするためだ」

「こ、交渉？」

フライターク侯爵はしゃがみ込み、ゾッとするような冷たい笑みを浮かべつつ壮大な計画について話してくれた。

「デュワリエ公爵が、邪魔だからだ。お前の命と引き換えに、政界から手を引いてもらう」

「なっ⁉」

なんて酷い計画を立ててくれたのか。カッと、怒りが沸き起こる。

しかし、ここで抵抗すれば、酷い目に遭うかもしれない。大人しくしているほうがいいだろう。

「こうなったのも、お前が悪い。早く俺の手を取れば、巻き込まれずにすんだものの」

アナベルが伯父と長期にわたる喧嘩をしてくれたおかげで、フライタークト侯爵家との婚約話はまとまっていない。アナベルの強情の勝利だろう。

「アメルン伯爵は、国王陛下の覚えもよく、手駒《てごま》にするに相応しい男だったのだがな」

ぎゅっと、唇を噛みしめる。

伯父の野心が、この騒ぎの発端《ほったん》だろう。どう責任を取ってくれるのか。自分の野心に、娘であるアナベルを利用するのも許せなかった。

「どこからかデュワリエ公爵も、婚約話の噂を聞きつけて、牽制《けんせい》してきたときには、笑いが止まらなかった。よほど、お前みたいなちっぽけな婚約者が大事であると。そのおかげで、この計画を思いついた」

フライターク侯爵は、なんというか自分に酔っているような性格なのだろう。聞いていないのに、勝手にペラペラと喋り始める。

「今から、デュワリエ公爵家に交渉に行ってくる。しばし、そこで待っておけ」

交渉なんてさせない。なぜならば、私は〝アナベル・ド・モンテスパン〟ではないから。

デュワリエ公爵の足を引っ張るつもりは毛頭《もうとう》なかった。

私のちっぽけな勇気と自尊心をかき集めて、腹を括った。

もうこれ以上、フライターク侯爵の好きにはさせない。

デュワリエ公爵の弱みにされてたまるかと、大声で叫んだ。

「待ちなさい！」

「今更引き留めても、無駄だ」

「違うの」

「違う？」

「私、アナベルじゃないから」

「何を言っている？　間違いなく、アメルン伯爵家から連れてきた、アナベル・ド・モンテスパンだろうが」

「私は、アナベルの従妹《いとこ》なの。たまに、アナベルが忙しいときに、彼女の振りをしていたのよ」

「馬鹿な！　嘘を言うな！」

「嘘ではないから。アメルン伯爵家に、調べに行ってみなさいな。今頃、アナベルはダンスのレッスンをしているはず。私はアメルン伯爵家の傍系の、ミラベル・ド・モンテスパン。両親が共に双子だから、驚くくらいそっくりなだけ」

フライターク侯爵は血相を変えて、私を誘拐させた男達を呼ぶ。

「今すぐ、アメルン伯爵家に行って、調べてこい‼」

「は、はっ！」

「了解いたしました！」

男達の乗った馬車が、遠ざかる音が聞こえる。フライターク侯爵は扉を乱暴に閉めた。

「お前、もしも、偽者だったときは――湖に沈めてやる！」

そうなると、思っていた。

わかっていたが、私はデュワリエ公爵の足を引っ張るような存在になりたくなかったのだ。

冷たい冬の湖に放り込まれるなんて、ゾッとしてしまう。

水死体になって発見されるなんて、絶対に嫌だ。

「ああ、ムシャクシャする！　いっそのこと、確認する前に、殺してやろうか！」

そう言って、フライターク侯爵は私の首元に手を伸ばす。

「わたくしに、触れないで！」

凛《りん》と叫ぶと、ビクリと肩を震わせてフライターク侯爵が動きを止めた。

アナベルの他人を威圧する声色を、真似てみたのだ。作戦は成功したようである。

フライターク侯爵はガタガタ震えながら、私を睨んだ。

激情が、瞳に見え隠れしているような気がした。

「お前も、俺を、馬鹿にしているのだな⁉」

いったい何のことなのか。下手《へた》に、声をかけないほうがいいだろう。

「俺の母が身分のない女だから、下に見ているのだろう！」

それから、ブツブツと独り言を呟くように自らの出生を語り始める。

どうやらフライタ一ク侯爵は正妻の子ではなく、父親がメイドに手を出して生まれた子だったらしい。

フライタ一ク侯爵の亡《な》き父親はメイドの子を認知し、自分の息子として引き取ったようだ。

そんなフライタ一ク侯爵には、ふたりの兄がいた。けれど現在、爵位を継承しているのは彼だ。

いったい何があったのか。それすらも、喋り始める。

「毒を使って、少しずつ、少しずつ、衰弱させて殺したんだ。あいつらは、俺を、メイドの子だと、まるで汚いもののように扱っていたからな。これは、天罰なんだ」

驚いた。異母兄を、毒殺していたなんて。

「毒殺はいい。証拠が、見つかりにくいからな。事故死に見せかけるのは、難しかった。父の死も、長い間、ずっと殺人ではないかと疑われていたからな」

兄だけでなく、父親も手にかけていたなんて。

ふと、衰弱と聞いて気付く。

「もしかして、王太子に毒を盛っていたのは、あなただったの⁉」

「そうだ……奴《やつ》も、俺を、馬鹿にするような目で、見た」

王太子の世話をする近侍に料理人、従僕やメイドに至るまで、買収して少しずつ毒を仕込ませたという。

「あと少量の毒で殺せるのに、デュワリエ公爵が、邪魔をしたんだ！」

デュワリエ公爵は原因不明の病《やまい》を、人為的な何かだと勘づいていたようだ。だが、証拠は見つからないようにしている。毒を仕込むように指示する者も、フライターク侯爵が雇った者だから。

簡単に見つからないように、何重にも対策をしていたのだ。

「はは……喋りすぎてしまったな」

フライターク侯爵は笑い交じりにそう言って、私の腕を掴んだ。

ズルズルと力任せに引きずりながら、恐ろしいことを口にする。

「湖に、捨てておこう」

フライターク侯爵は私を問答無用で引っ張った。

ずる、ずる、ずる……堅い床に引きずられ、痛みが走る。我慢できずに、叫んでしまった。

「い、痛い！　痛い～～！」

「うるさい！　クソ、何を食ったら、こんなに重たくなるんだ！」

体重の三分の一くらいはドレスの重みだと信じたい。

引きずると余計に重たいと思ったのか、小麦袋を担ぐように持ち上げた。

デュワリエ公爵に抱かれたときは嫌悪感なんていっさいなかったのに、フライターク侯爵に持ち上げられた瞬間、ゾッと悪寒《おかん》が走る。

ゆらゆらと安定なく歩くので、気持ちが悪くなった。ここで景気よく吐けたらよかったのだが、都合よく嘔吐《おうと》なんてできるわけがない。

大人しく殺されるつもりはなかった。

腹の底から大声を出して命乞《ご》いをする。

「止めて！　嫌～～！　さっきの話は、聞かなかったことにするから！」

「うるさい！　そんな話など、信じられるか！」

手足をばたつかせていたら、あろうことか私を地面に落としてくれた。

「きゃあっ！」

お尻から落ちたが、それでも痛かった。毛虫のようにうごうご動き、過剰に痛がる。

「お、お前が暴れるから、悪いんだからな！」

「痛い、痛い、痛い～～！」

みっともなく「ひえええええ～～！」と叫ぶと、フライターク侯爵は一歩後ずさる。

完全に、私の痛がり方に引いていた。

これも、時間稼ぎである。こんなことをしていても、誰も助けにこないだろうけれど。時間が経てば、不審に思った家族が通報してくれるだろうか。

それにしても、誘拐から湖に投げるまで、あまりにも早すぎやしないか。

フライターク侯爵の身の上話は一時間くらいあった気がする。王都から湖までの移動時間は、眠っていたのでわからない。けれど、太陽の位置から察しても、四時間以上は経っていないだろう。

こんな急展開、物語の中でも読んだことがない。

「大人しくしろ！　湖に落とせないだろうが！」

「擦《す》り傷が、冷たい水に沁《し》みるから嫌！」

「どうせ死ぬんだから、関係ないだろうが！」

「酷い！　他人事だと思って！」

寒空の下、両手足縛られた状態で、精神年齢五歳児のフライターク侯爵とお話しするのはあまりにも辛い。

頑張っている間に、家族が私の帰りが遅いと通報してくれないものか。アナベルでも、シビルでもいい。どうか、不審な点に気付いて……！

しかし、一時間、二時間捜索したくらいでは、見つからないだろう。

湖に沈める計画は、せめて一晩くらい待っていてほしかった。

アナベルかどうかの本人確認も済んでいないのに、湖に沈めようとしてくれるなんて。

一生懸命抵抗しているところに、先ほどの男性二名が戻ってきた。

「フライターク侯爵、そいつ、間違いなく偽もんです！」

「アナベル・ド・モンテスパンは、アメルン伯爵家におりました！」

「なんだと⁉　お前、騙しやがって！」

フライターク侯爵は、親の敵《かたき》を見るような目で私を見る。アナベルかミラベルか関係なく、湖に沈めるつもりだったくせに。

そもそも、勝手に誘拐しておいて、騙したとはどういうことなのか。理解に苦しんでしまう。

「おい、お前ら！　この娘を、湖に沈めろ！」

さすが、フライターク侯爵だ。自分の手は汚したくないというわけなのだろう。ただ雇われただけであろうおじさんふたり組は、殺人に加担することに躊躇っているようだった。

「報酬に金貨三十枚上乗せするから、早くしろ！」

「了解っす！」

「今すぐに！」

なんてことだ。私の命は、金貨三十枚よりも軽いらしい。

すぐさま私のもとへ走り、手と足を持ち上げて湖のほうへと運んで行く。

「ちょっと何をするの！　放しなさい！」

金に目がくらんだおじさん達には、アナベルの威圧感のある声も通用しなかった。

まるで丸焼きにされる豚のように、えっさっさと運ばれてしまう。

手足のロープは、きつく縛られていて外れない。

おじさん達は私の体を前後に揺り動かし、より遠くに飛ばそうとしていた。

「よし、行くぞ！」

「せーのっ！」

私の体は、勢いよく湖へ投げ飛ばされる。恐怖で、胃の辺りがスーッと冷えていった。

湖に着水するまでの間、走馬灯《そうまとう》が思い浮かんだ。

最初にアナベルの恰好をしてお茶会に臨んだ日や、夜会に参加した日。華やかで、楽しくて、心が弾んだ。

けれど、アナベルの振りをする以上に、楽しいことがあったのだ。

〝エール〟で働いた一ヶ月間は、夢のようだった。もっと、働きたかった。

デュワリエ公爵の力にも、なりたかった。けれど、もう、私の人生はあっけなく終わろうとしている。

さようなら……デュワリエ公爵。

最初は恐怖しか感じていなかったけれど、時間をかけて接していくうちに、妹想いで、不器用な男性だということがわかった。

優しさに触れるうちに、いつしか好きになっていた。気持ちを伝える機会はなかったが、これでよかったのかもしれない。彼の中で、私の存在が未練として残ってほしくなかったから。

童話にある人魚姫のように、泡となって消えられたらよかったのに。

私の死体は、水分を吸ってぶくぶく状態で発見されるだろう。まったくもって美しくない散りざまだ。

叶《かな》うならば、なるべく早く発見されますように。

そんなことを祈っているうちに、水面に着水する。

バシャーン！　と音を立てて、私の体が——沈まない。

なんと、この湖は底が浅いようだ。

ちょうどお尻から落ちたので、湖に腰掛けるような体勢となる。

「あら？」

思いがけない展開に、目が点となる。私以上に、投げた男共もポカンとしていたが。

「おい！　あそこは浅瀬じゃないか！　もっと、深い場所に沈めてこい！」

「あ、いや……」

「そこまでは、できないなあ」

さすがに、怖《お》じけづいたのか。フライタークランク侯爵がジロリと睨むと、男達は森のほうへと逃げていった。

「おい、待て！　クソ！」

悪態をつき、フライターク侯爵はバシャバシャと水音を立てながら湖の中へと入ってきた。

今度はフライターク侯爵が直々に手を下すようだ。ズンズンと、私のほうへと向かってくる。

「こ、来ないで！」

「秘密を喋ってしまったんだ！　生かしておくわけにはいかない！」

「もう忘れたって言っているでしょう⁉」

「信じられるか！」

「信じて！」

このまま、大人しくやられるわけにはいかない。湖に落ちたときに、靴が脱げていた。アナベルの靴だったので、微妙に大きかったのだ。加えて、縄がわずかに緩《ゆる》んだのだろう。足を動かしていたら、ロープに隙間ができていた。ジタバタ動かすと、ロープから足が抜けた。

心の中で、「よし！」と叫んでしまう。

やすやすと死んでたまるものですか！

反撃の機会を、虎視眈々《こしたんたん》と狙う。

フライターク侯爵が最接近し、かがみ込んだ瞬間に勢いよく立ち上がって頭突きする。

「うわっ！」

均衡《きんこう》を崩したフライターク侯爵は、湖の中へ転倒した。その隙に、陸に向かって走ろうとしたが、腕を掴まれて転倒してしまう。

「この、小娘が！」

「誰が小娘よ！」

水中なのでドレスが水を吸い、思うように動けない。ジタバタと暴れているつもりだったが、効果があるように思えなかった。

ついに、私は水の中に押し倒されてしまう。湖の底にあった岩に頭をぶつけ、一瞬意識が飛びそうになった。

痛みで、ハッとなる。息を吸おうとして湖の水を思いっきり飲んでしまった。同時に、咳《せ》き込む。

水中なので、余計に苦しくなった。

すぐさま起き上がろうとしたが、フライターク侯爵は私の上に馬乗りになって首を絞め始める。

水中でもがくが、相手は成人男性。どうにかできる相手ではない。

苦しい、とっても苦しい。

こんなクズ野郎に、殺されてしまうなんて。

もう、ダメ……！

意識が途切れそうになった瞬間、体が軽くなる。同時に、腕を掴まれて引き上げられた。

天に召された？

いやいや、まだ生きている。

息を吸い込もうとしたが、上手くいかない。そんな私の耳が、焦《あせ》ったような声を拾った。

「大丈夫ですか⁉」

アメシストの美しい瞳に、覗き込まれた。

「あ――」

見覚えがあるアメシストの色に、安堵感がこみ上げる。

「デュワリエ、公爵……！」

どうやら私は、絶体絶命の中で助けられたようだ。

見目麗しヒーローに助けてもらえるなんて、まるでロマンス小説の主人公のようである。

ぼんやりとした視界の中で、デュワリエ公爵の声だけがはっきり聞こえた。

助かった。

そう思ったら、意識を手放してしまった。

◇　◇　◇

「うっ……！」

なんだか見たことがあるようなないような……天蓋付きの寝台の上で目覚める。

家の布団よりもはるかにふかふかで、薔薇みたいないい香りがした。

瞼を開くと、誰かが顔を覗き込んでいた。

アナベルかと思って、そっと頬に触れる――が、違和感を覚えた。

頬にかかる短い猫っ毛に、触れたから。肌も、アナベルとは異なる方向のきめ細かさだった。

「ミラベル・ド・モンテスパン、意識はあるのですか？」

デュワリエ公爵の声が聞こえた。ぱち、ぱちと数回瞬《まばた》きをすると、視界がはっきりくっきり鮮明になる。

目を見張るほどの美貌が、目の前にあったのだ。言わずもがな、デュワリエ公爵である。

「あの、私、どうして、ここに――？」

「湖でフライターク侯爵に襲われて、そのまま意識を失ったのです」

そうだった。私はデュワリエ公爵の迎えがやってきたと怪しすぎる馬車に乗り込み、誘拐されてしまったのだ。

睡眠不足で判断力が鈍っていたとはいえ、引っかかってしまうなんてまぬけにも程がある。

「フライターク侯爵は、どうしたのですか？」

「拘束されました。今は、拘置所にいるでしょう」

「そう、なんだ」

どうやら私は、運よく助かったようだ。

「もう、大丈夫です」

胸を押さえようとした手を、デュワリエ公爵がぎゅっと握る。

温かい手だった。

デュワリエ公爵がもう大丈夫だというので、心配はいらないのだろう。

「よ、よかった」

冷え切った心に、やっと温かいものが注がれるような安堵感を覚えた。

フライターク侯爵は捕まったというし、二度と危険にさらされることはないだろう。

だんだんと、ぼんやりしていた意識もはっきりしてくる。

救出されたときに感じた疑問を、改めて問いかけた。

「デュワリエ公爵は、なぜ、湖に？」

「アメルン伯爵家に訪問した際に、怪しい男がやってきたというのを、アナベル嬢から聞いたので、追跡したのです」

「そう、でしたか。アナベルが……アナベルが⁉」

ここで、霧がかっていたようだった意識が一気に覚醒する。

思い返せば、最初にデュワリエ公爵は私に声をかけた。「ミラベル・ド・モンテスパン」と。

ドッと、額《ひたい》に汗が浮かぶ。胸も、信じられないくらいバクバクと脈打っていた。

「ちょっと待って！　わ、私っ、アナベル――」

「落ち着いてください、ミラベル嬢」

はっきりと、デュワリエ公爵は私を「ミラベル」と呼んだ。

ということは、私とアナベルの画策はすべてバレているのだろう。

「ってことは、デュワリエ公爵、すべて、知っているのですね？」

「ええ。あなた達の話は、すべて伺《うかが》いました」

「ア、アナベルから？」

「はい」

恐る恐る、デュワリエ公爵の顔を見上げる。鋭い目で、私を見下ろしていた。

久しぶりに、暴風雪がピューピューと吹き荒れているような気がする。ぞくりと、寒気を感じてしまった。

「ぜ、全部、聞いたというのは――？」

「全部です。アナベル嬢が私の行動に腹を立てて、あなたに身代わりを命じるところから、フライターク侯爵との婚約を回避するために動いていた辺りまで、すべて」

「そ、そうでしたか」

シーンと、静まり返る。

気まずいけれど、これでよかったのだ。ついでに、もうひとつ告白しておく。

「もうひとつ、隠していたことがあるんですすけれど」

「なんですか？」

「私、〝エール〟で働いていたんです」

「知っています」

「え!?」

なんと、〝エール〟で働いていたことまで、デュワリエ公爵にバレていたようだ。

「これも、アナベルから聞いたのですか？」

「いいえ。その件については、あなたの素顔を見て気付きました」

「そ、そうだったのですね」

湖に浸かったので、化粧も何も崩れていたのだろう。まさに、化《ば》けの皮がはがれるという状況だ。

「ご、ごめんなさい。私、酷いことをして、もう、〝エール〟で働く資格なんて、ないですよね？」

「なぜ？」

真顔で問いかけられる。じわりと、瞼が熱くなった。

「だって、私は報酬に目が眩《くら》んで、ずっとデュワリエ公爵を騙していたのですよ？」

「途中から、アナベル嬢に止めようと提案していた話は聞きました」

「でも、止められなくて……」

泣いたらダメだ。そう思っていたら、余計に泣けてくる。

デュワリエ公爵に泣き顔を見られたくなくて、両手で顔を隠した。

「たまに挙動不審なときがあったので、何か隠し事をしているだろうなと、感じていました」

「す、すみません」

「しかし私は、素直に打ち明けてくれたら、洗いざらい許そうと思っていたのです」

「それは、なぜ？」

「あなたが、好きだからですよ」

覆っていた両手を、思わず外してしまう。

涙で視界が歪んでいて、デュワリエ公爵がどんな表情をしているのか確認できなかった。

そんなことよりも、とんでもない発言を聞いた気がする。

デュワリエ公爵が、私を好きだと？

「すみません。まだ夢の中にいるようなので、もう一度眠ります。明日になったら起こしてください。いや、もう二度と起きないほうがいいのかな？」

「ミラベル嬢、真面目に聞いてください」

毛布を被って眠ろうとしたのに、引き戻されてしまう。

「あなたは、婚約破棄をしようと躍起《やっき》になっていましたが、私は、婚約破棄する気はありませんので。予定通り、あなたと結婚します」

「いや、あの……私、アナベルではないのですが？」

「わかっていますよ、ミラベル嬢」

呆《あき》れたような声が返ってくる。

「わ、私は、アメルン伯爵令嬢ではなくて、アメルン伯爵家の令嬢で、アナベルみたいに、友達もたくさんいなくて、華やかさもなくて――」

「それでも、私が結婚したいと思ったのは、ミラベル嬢、あなたです」

「そんな、嘘です。信じられない」

涙がボロボロと零れる。やはりこれは、私が見た都合のいい夢なのだろう。

だって、生まれたときからずっと、私ではなくアナベルが選ばれた人間だった。同じ家系に、同じような顔で生まれた私を選ぶ人なんて、この世に存在しないのではと思っていたのに……！

「あなたは、私の女神でもあるのです。どうか、信じてください」

「女神？」

「あなたといると、装身具のアイデアが浮かぶのです」

「へ？」

それって、〝エレガント・リリィ〟の女神、という意味なのか。

問いかけると、デュワリエ公爵は頷いた。

「な、なんで⁉」

私が〝エレガント・リリィ〟の女神である所以《ゆえん》を、語ってくれた。

「あなたを見かけたのは、社交界デビューの娘達が集まる夜会の晩でした。ああいう場はあまり得意ではなく、大勢の人達に囲まれて途方に暮れていたのです。そんなときに、壁際にいるあなたを見つけました」

誰とも話さずに、私はうっとりと〝エール〟の首飾りを眺め、慈《いつく》しむように触れていたらしい。

「その際、衝撃に襲われました。私の考案した首飾りを、愛する者に接するように触れる娘がいるのかと。そのときに、〝エール〟の装身具では、似合わないと思ったのです」

それもそうだろう。私が社交界デビューをしたのは、アナベルよりも一年遅かったから。社交界デビューの娘達に作られた、〝エール〟の首飾りは実のところ似合っていなかったのかもしれない。

「そこから、十代後半から二十代過ぎに向けた〝エレガント・リリィ〟が生まれたわけです」

「そ、そうだったのですね」

あのときデュワリエ公爵が私を見かけなければ、〝エレガント・リリィ〟は生まれていなかった。

信じがたい話ではあるものの、真実らしい。

「実はそのとき、あなたの顔をよく見ておらず、誰かわからなかったのです。しかし、アナベル・ド・モンテスパンとしてやってきたあなたが、同じように首飾りに触れているときに、同一人物だと気付いたのです」

「なるほど……!」

最初から、デュワリエ公爵はアナベルではなく、私を見てくれていたようだ。

「会うたびに、あなたのことがどんどん気になるようになりました。それなのに、婚約破棄すると言い出すので――」

「す、すみませんでした」

「いいえ、構いません」

デュワリエ公爵は、私に手を差し伸べる。

「私の手を、取っていただけますね？」

本当にいいのか。今はわからない。

けれど、これまでの人生、危機的状況になってもなんとかなったのだ。

だから、きっと大丈夫。そう信じて、デュワリエ公爵の手を取ることにした。

だが、その前にひとつだけ質問を投げかける。

「デュワリエ公爵、私と生涯を共にする自信はおありなのですか？」

「もちろんです」

そんなふうに言われてしまったら、信じるしかないだろう。

きっと、未来は明るい。

それに私も、デュワリエ公爵のことが好きだから。

差し出された手に、そっと指先を添える。すると、デュワリエ公爵は微笑みを浮かべ、私の手に頬を寄せていた。

◇◇◇

そんなわけで、私とアナベルの身代わり生活は終わった。

デュワリエ公爵はすぐに挨拶にやってきて、正式な婚約を結んでくれた。

アナベルと婚約していたのに、従妹である私に乗り換えるように婚約したので、社交界はざわつく。そんなデュワリエ公爵の危機的状況を救ったのは、アナベルであった。

さまざまなご令嬢を招待したサロンで、私とアナベルの身代わり劇を語って聞かせたのだ。

とっておきのロマンス仕立てに魔改造されたデュワリエ公爵と私のなれそめは、社交界で一気に広がっていく。

デュワリエ公爵の誤解も解け、かすみ草のような地味でパッとしない女を慈しむ男として人気がさらに高まったという。

誰がかすみ草のような地味でパッとしない女だ！

……まあ、デュワリエ公爵を見る非難めいた目がなくなったので、よかったことにしておく。

〝エール〟での仕事も、これまで通り頑張っている。

最近は雑用に加えて、カナンさんの仕事を手伝うようになった。

装身具作りは奥が深い。ますます熱中していた。

王太子を手に掛けようと画策していたフライターク侯爵は、終身刑となったようだ。

本人は人生に絶望し処刑を望んでいたようだが、裁判長は首を縦に振らなかったという。

場合によっては死ぬよりも、生きるほうが辛い。

時間をかけて、罪を償《つぐな》ってほしい。

フライターク侯爵に毒を盛られていた王太子は、すぐに毒に詳しい医者の診察を受ける。

治療に時間はかかるものの、命に別状はないという。

アナベルはデュワリエ公爵の計らいで、王太子のもとに通えるようになった。デュワリエ公爵曰く、いい雰囲気らしい。

アナベルはデュワリエ公爵との婚約も解消された上に、恋仲であったという誤解も解けて安堵しているだろう。

身分の問題でふたりが結婚をする、というのは難しいのかもしれない。

それでも、王太子殿下とアナベルの幸せを祈らずにはいられなかった。

こんな感じで、いろいろと大変だったけれど、今はミラベル・ド・モンテスパンとして楽しく過ごしている。

# 第四話だけれど、公爵家で花嫁修業をするようです！

事件から一週間経った。

誘拐され、湖に沈みかけ、デュワリエ公爵に助けてもらった挙げ句、求婚までされたのは夢ではないか。

そう思いたかったが、すべて現実だった。

移動するたびについてくる護衛が、夢ではないことを教えてくれる。

なんでも、私が嫁ぐ日まで傍に付けてくれるらしい。

ありがた迷惑……ではなく、大変ありがたいが、申し訳ない上に、伯爵家傍系の娘を誘拐する輩《やから》なんぞいないとデュワリエ公爵にお手紙を書いた。

しかし、何が起こるかわからないから護衛は置いておけと、言って聞かないのだ。

そんなわけで護衛の女性に迷惑がかからないよう、なるべく部屋で大人しくするようにしている。

家族も私を取り巻く環境に、戸惑っていた。

デュワリエ公爵は事件当日に、我が家までやってきて事情を説明したらしい。デュワリエ公爵が深々と頭を下げる間、父は白目を剝《む》いていたのだとか。

目覚めたあとは、私を実家まで連れて行き、その場で結婚許可を取った。

父は白目を剥きながら、アナベルと間違っているのではないかとしつこいくらい聞いていた。

聞かれるたびに、デュワリエ公爵は「ミラベル嬢で間違いありません」と繰り返していた。

アナベルとの婚約解消が発表されたものの、フライターク侯爵が拘束された事件のおかげで騒ぎは大きくならなかったようだ。

その辺は、ホッとしている。

アナベルは自分のせいで私が誘拐されたと責め、珍しく落ち込んでいるようだった。

私は、アナベルがあのような怖い目に遭わなくてよかったと思っている。

結果、助かったしよかったではないか。

そう励ましたら、アナベルに「デュワリエ公爵は、あなたのそんなところを好きになったのね」と言っていた。誘拐されてもビクともしない女。たしかに、私以外、あまりいないだろう。

事件から一週間経って、アナベルも通常営業に戻りつつある。

やはり、アナベルは暴君ではないと調子がでない。

いつものアナベルだと、安心するのだ。

本日は、フロランスが訪問してくる。

事情は、先日デュワリエ公爵が話をしてくれた。

誘拐事件のあと、公爵家に運ばれていたのだが、フロランスとは会えず終《じま》いだったのだ。

アナベルとの身代わりについても、知っている状態で会うのだろう。

軽蔑《けいべつ》するだろうか。もう、絶交されてしまうのか。

そんなことを考える中で、フロランスがやってきた。

「ミラベル～～‼」

私を見たとたん、フロランスは真珠のような涙を零す。

駆け寄って抱きしめると、すんすん泣き始めた。

「お、お兄様から、すべて、聞きしました。お辛かったでしょう……。気付かずに、ごめんなさい」

「こちらこそ、嘘をついていて、ごめんなさい」

「とんでもございません。もっと早く、ミラベルをお兄様に紹介していたら、こんなことにはならなかったのに……！」

もしも、事前に紹介されて出会うパターンであれば、フロランスのお兄様がデュワリエ公爵と知らずに会って大絶叫していただろう。

きっと、「なんだ、こいつ」で終わっていたかもしれない。

私的には、「なんだ、こいつ」ルートのほうがよかったのだけれど……。

「誘拐事件にも巻き込まれたとお聞きして」

「あ、いや、大丈夫。すぐに、デュワリエ公爵が助けてくれたから」

「でも、湖に落とされたのでしょう?」

「底の浅い湖だったから、平気だったのよ」

「そう、でしたのね。よかった」

フロランスをぎゅっと抱きしめる。どうやらデュワリエ公爵は、事件について詳しい話をしていたようだ。さすがに、水中で首を絞められた話はしていなかったようだが。

それでも、湖に沈められる話はフロランスにとってショッキングだっただろう。

「フロランス、その、結婚の話は、聞いた?」

フロランスは頬を染め、コクリと頷く。

「事件のあとで不謹慎なのかもしれないけれど、私、フロランスと姉妹になれるかも、とか考えて、ニヤニヤしちゃったの」

「ごめんなさい。実は、私も、ミラベルと姉妹になることを考えておりました」

考えることは一緒だったようだ。手と手を取り合い、喜びを分かち合う。

デュワリエ公爵と結婚したら、フロランスと毎日楽しくお茶会ができる。楽しみだ。

◇　◇　◇

誘拐事件から数日後――私は〝エール〟の仕事に復帰した。

皆がいる前で、デュワリエ公爵が何か言うかとヒヤヒヤしていたが、いつも通りのビジネスライクな様子だったので安堵する。

私の復帰を、みんなが喜んでくれた。

カナンさんなんか、熱い抱擁《ほうよう》を交わしてくれる。

「いやー、よかった。木から落ちて、異常なしだったけれど念のため数日休むって聞いたときは心配したよ！」

我が耳を疑う。なんと私は、木から落ちて無傷だったけれど、念のため数日静養していることになっていたらしい。

きっと誘拐事件の件《くだり》はショッキングな内容なので、デュワリエ公爵が伏せたのだろう。

「連絡が届いたときは、驚いた。でも、木から落ちて無傷だったって、ミラさんらしいなーって思いながら聞いていたよ」

そのデタラメな説明で納得されてしまう、私の印象っていったい……。

「ミラさんがいなかったからか、工房長は一日たりともここにやってこなくてね！　工房長って、もしかしてミラさんに気があるんじゃないの？」

「あー……どうでしょう？」

「え、あるの⁉」

「気持ちは、本人にしかわからないので」

「そうだよね。まあ、今日からまた工房長のことを頼むよ」

「了解です」

気配を無にして、デュワリエ公爵の雑用係を頑張りたいと思う。

今は会議の時間なので、その間に掃除を済ませよう。

以前までは数時間部屋をあけただけで散らかっていたが、今は整理整頓されている。

デュワリエ公爵の机に、不要な書類入れを作ってから、床に紙を捨てることはなくなったのだ。

鼻歌を歌いつつ、掃除道具を持ってデュワリエ公爵の執務部屋まで行く。本人はいないので、勝手に部屋に入った。

「ひえええええっ！」

すると、デュワリエ公爵が執務椅子に鎮座していたので、悲鳴をあげてしまった。

朝一番に、ジロリと睨まれてしまった。

「婚約者を見て、あげる声ではないですね」

「ど、どうも」

「こちらに」

「へ？」

「こちらに来てください」

いやだ……と思ったが、言うことを聞かないと、あとが怖い。

コクリと頷き、しずしずと接近する。

「な、なんでございましょうか？」

「別に、構えないでください。職場では、親密な態度をとることはありませんので」

その一言を聞いて、やっと安心する。

一メートル半ほど距離をとっていたが、少しだけ接近した。

「これを、あなたに差し上げようと思いまして」

差し出されたそれは、タンポポの花束だった。

あまりにも、麗しいデュワリエ公爵と不釣り合いの花である。

薔薇とか、百合だったら似合うのに、タンポポって。

思いがけないものを差し出してきたので、笑ってしまった。

「何がおかしいというのですか？」

「いや、だって、公爵様がタンポポを持っているとか、意外すぎて」

「嬉しくないのですか？」

「いや、ものすごく、嬉しいです！　ありがとうございます！」

可愛らしいタンポポを受け取る。

見つめていると、気持ちはほっこりした。

「でも、なんでタンポポなんですか?」

「アナベル・ド・モンテスパンに、ミラベル嬢が何を喜ぶのか聞いたところ、その辺に生えている野花であれば、喜ぶと話していたので」

「アナベル……!」

誰が、その辺の野花だったら喜ぶ、だ!

まあ、実際喜んでしまったワケですが。

「どうして、アナベルにそんな質問を?」

「あなたは何を贈っても、引きつった顔を見せるばかりで喜ばないので。何を贈ったらいいのか、質問したわけです」

「あー、なるほど」

デュワリエ公爵の贈り物は、高価なドレスだったり、豪奢な花束だったり。受け取ったあと、「ええ~……」となるものばかりだった。

その辺に生えている野花であれば、いくらでも受け取る。

「えへへ、タンポポ、嬉しいです」

「そんなもので喜ぶとは、想像もしていませんでした」

「そんなものではないですよ。とっても素敵な贈り物です。ありがとうございます」

家に帰ったら、花瓶に入れて飾ろう。

朝から、ルンルン気分になった。

「そういえば、このタンポポ、従者さんが摘んできてくれたのですか？」

「そんなわけないでしょう。私が、公爵家の庭を探しまくって、やっとの思いで見つけたタンポポです」

「そ、そうだったのですね」

公爵家では、タンポポは雑草と見なされ、庭師が引き抜いてしまうらしい。

「あなたが嫁いできたら、庭一面をタンポポ畑にさせます」

「やめてくだされ……！」

思わず、妙ちきりんな言葉で止めてしまった。

それにしても、デュワリエ公爵直々にタンポポ摘みをしてくれたなんて。

「デュワリエ公爵のタンポポ摘みの現場を、見てみたいです」

「でしたら、我が家に遊びにきてください。三時間くらいかかると思いますが、あなたのためにタンポポを探し、摘んでみせましょう」

「三時間はちょっと、付き合いきれないかな……」

再び、ジロリと睨まれてしまう。

笑顔でタンポポのお礼を言って、執務室から退散した。

背後から、「まだ話は終わっていません！　掃除だってまだでしょう？」という叫びが耳に届いたが、聞かなかった振りをして全力で逃げた。

今日も、〝エール〟の工房は、平和である。

◇◇◇

穏《おだ》やかな毎日は続いていく。

そんな中で問題を持ち込んでくれるのは、いつだってデュワリエ公爵だった。

〝エール〟でほぼ毎日顔を合わせているというのに、我が家を訪問したいという。あれこれと話題を逸《そ》らして誤魔化《ごまか》していたものの、限界が訪れる。

とうとう、デュワリエ公爵は王宮で父を捕獲し、家を訪問する権利をもぎ取ってきたのだ。

わざわざ家にやってくるなんて、悪い予感しかしない。そんなふうに不安に思いつつ、デュワリエ公爵をしぶしぶ迎えることとなった。

デュワリエ公爵は薔薇の花束を持ち、やってくる。

薔薇を手にする姿が様《さま》になる男が、世界に何人存在するのか。その中のひとりであるデュワリエ公爵は、私に薔薇の花束を差し出してくる。

パッと見て、二十本以上はありそうだ。

白目を剝きかけながら、薔薇の花束を受け取る。これだけ束になっていると、花束も重い。

「あ、ありがとう、ございます」

「いえ」

ちなみに、二十一本の薔薇らしい。

「なぜ、中途半端な数を？」

何かの願掛けだろうか。気になったので質問してみる。

「二十一本の薔薇の花言葉は、〝あなただけに尽くします〟」

胸に抱いた薔薇の花束を、思わず落としそうになった。込められた言葉が、あまりにも重たい。

「三百六十五本の、〝あなたが毎日恋しい〟と迷ったのですが、そんなに薔薇の在庫はないと言われてしまいました」

「え？」

「在庫がなくてよかった……」

「いいえ、なんでもありません。どうかお気になさらず」

事件以降、デュワリエ公爵は甘ったるい言葉を口にしている。

ストレートに伝えないと、私に愛が伝わらないと思い直したらしい。

一方で、デュワリエ公爵の愛を真っ向から受ける私は、いまだに婚約は本当だったのかと疑う始末である。きっと、結婚しても永遠に納得しないだろう。

薔薇を抱えたまま、長椅子に腰かける。デュワリエ公爵から賜《たまわ》ったものなので、机に置いてはいけないような気がしたのだ。

そんな私を、デュワリエ公爵は目を細めて見つめている。まるで、孫を目に入れても痛くないお爺《じい》さんのようだった。

「ミラベル嬢、すみません、忙しくて、訪問できずに」

「ぜんぜん、大丈夫デスヨ……」

思わず、語尾がカタコトになってしまう。

今日はアナベルの化粧をしていない、素の私だ。けれども、デュワリエ公爵はなんら変わらない。

「なんだか、とても長い間会っていないような感覚でした」

会っていないと言っても、たった三日である。長い間会っていないだなんて、大袈裟《おおげさ》だ。

「あなたと過ごした日々が、夢なのかと思うくらいで」

「夢だったらよかったのに」

「はい？」

「あ、なんでもないでっす……」

私と結婚したいらしいデュワリエ公爵は現実だった。

本当に実在していたのだ。

「今日は、お願いがあってまいりました」

「なんでしょう？」

「そろそろ、あなたに〝エール〟の装身具を贈りたいなと」

「いやいやいやいやいやいや！　とんでもない！」

拒絶したとたんに、デュワリエ公爵は眉間にぐっと皺を寄せて、信じがたいという瞳で私を見る。

そんな目で見ても、ダメなものはダメだ。

「なぜ、受け取ってくれないのですか？」

「いや、だって、〝エール〟の装身具は、こう、努力なしに手にしていいものではないのです。苦労の末に手にしてこそ、意味があるといいますか、なんといいますか」

「意味がわかりません」

すっかり不機嫌顔となってしまった。

「どんなものであれば、あなたは受け取ってくれるのですか？」

「そ、それは――あ！」

いい案が浮かんできた。立ち上がり、棚に駆け寄って取り出したのは、紙とペン。それからインクだ。

それらを、デュワリエ公爵の前に差し出す。

「なんですか、これは？」

「サインを書いてください！」

「は？」

「〝エール〟専属のデザイナーのサインがほしいんです」

「なぜ、そんなものを……」

「ファンなんです‼」

ファンだと言われて悪い気はしなかったのだろう。デュワリエ公爵はペンを手に取り、さらさらとサインを書いてくれた。

それだけで、ペンは止まらなかった。定規もないのに、きれいな線を引く。繋がった線と線は、美しいブリリアントカットのダイヤモンドの形となった。

「わ……！」

迷いのない線が、次々と引かれた。

あっという間に、首飾りのデザイン画が完成する。

「す、すごい！　それは、新作の〝エレガント・リリィ〟のデザイン画ですね！」

「そうです」

「それを、私にくださるのですか？」

デュワリエ公爵はこちらへ来いと言わんばかりに、手招く。

近くにいかないと、くれないようだ。

すぐに駆け寄り、デュワリエ公爵の前にしゃがみ込む。

餌をもらう犬のごとく、デュワリエ公爵を見上げた。

すると、笑われてしまった。

「あなたは、どうしてそう、突飛《とっぴ》な行動をするのですか」

「な、何か、おかしな点がありましたか？」

「普通、隣に座るでしょう」

「そ、そうだったのですね」

デュワリエ公爵の隣に座るなんて恐れ多い。そんなことを考えていたので、跪《ひざまず》くスタイルを選択したのだが。

デュワリエ公爵は私の手を引いて、隣に座らせる。

そして、とんでもないことを言いだした。

「これが欲しければ、私に対する素直な気持ちを言ってください」

「顔が綺麗《きれい》すぎて、近くで見ると圧がすごい！」

「そういうのではなく、好意を言葉にしてください」

「とても、絵がお上手です！」

デュワリエ公爵は額に手を当てていた。そういうことではないらしい。

「私は、ミラベル嬢のことが好きです」

その言葉を聞いて、好意とはそういう意味だったのかと恥ずかしくなる。

同時に、思いがけない告白に顔がカッと熱くなった。

「わ、私も、デュワリエ公爵のことが、好きです」

デュワリエ公爵はよくできました、とばかりに笑顔でサインとデザイン画を渡してくれた。

「わー！　ありがとうございます！　サイン超絶恰好いいです。デザイン画も、本当、素敵です。やっぱり、〝エール〟の装身具は、世界一ですね。よっ！　天才デザイナー！」

「あなた、どうして甘い空気をぶちこわすようなコメントを……」

「あ、すみません。〝エール〟のデザイン画を見ていたら、いろいろぶっ飛んでしまって」

次に会ったときには、甘い雰囲気を感じたら喋らないでおこうと、デュワリエ公爵の前で誓った。

「それで、本題へと移ります」

「へ？」

どうやら、私の顔を見に来ただけではないようだ。いったい何の用事なのか、ついつい身構えてしまう。

「えーっと、なんなのでしょうか？」

「ミラベル嬢のご両親と話し合いまして」

「話し合いまして？」

「我が家で、花嫁修業をするために一時的にお預かりしたいなと」

「や、やだーーーーー！」

思わず、絶叫してしまった。

「やだって、あなた、本当に私に嫁ぐ気はあるのですか？」

「嫁ぐ？」

まるで、初めて聞いた言葉のように繰り返してしまった。

「ええ。あなたは私と結婚するんです。その辺、きちんと理解していますか？」

「デュワリエ公爵との婚約……今でも、夢のように思っています」

「夢ではありません！　あなたと私が結婚するのは、紛《まぎ》れもなく現実です」

デュワリエ公爵はアナベルではなく、私を選んだ風変わりな男性だ。ここでデュワリエ公爵と結婚しなかったら、私は一生結婚しないだろう。

「ひとまず、ミラベル嬢のご両親から許可はいただいたので、あとはあなたが頷くだけです」

「根回しが完璧！」

逃げ道を全部塞いだ状態で、私に話がくるなんて。一応、張本人なのに。

「ちなみにフロランスは、ミラベル嬢がやってくるのを心から楽しみにしているそうです」

「フロランス……！」

「もちろん、私も」

「ぐっ！」

私が苦しげな反応を示したので、ジロリと睨まれる。私の体内にある魂《たましい》が、ヒュンと縮み上がったような気がした。

「ミラベル嬢、あなたは本当に私に好意を抱いているのでしょうか？」

「抱いています。抱いていますとも。けれど、住む世界が違いすぎるといいますか」

たとえば美しき毛並みの家猫と、ドブ生まれ、ドブ育ちのネズミでは、どれだけ互いに想い合っていても幸せに暮らすことなんてないだろう。

育った環境が、あまりにも違い過ぎるから。

「なんていうか、デュワリエ公爵が私と結婚してコソコソと陰口を言われるのは嫌ですし、生まれや育ちの格差を感じて自分で自分をみっともなく思ってしまうのも嫌だなと、思ってしまいまして」

「だったら、爵位を返上して私がこの家に婿《むこ》入りしますか？」

「ヒッ！」

別に爵位や王宮での仕事がなくとも、〝エール〟の収入だけで暮らしていける。フロランスも家柄に執着していない。ちょうどいいのではないかと、デュワリエ公爵はそう言い切った。

「いやいや、待ってください。早まらないでくださいよ！」

「ミラベル嬢に恥をかかせてしまうのは心苦しいです。その問題も、私が婿入りしたら解決しますので」

「むちゃくちゃだー！」

頭を抱えて、叫んでしまった。

私と結婚するために爵位や財産を返上してしまったら、デュワリエ公爵を堕落させてしまった悪魔だと陰口を叩かれるだろう。デュワリエ公爵に嫁入りするよりも、壮絶な未来が待っているに違いない。

「爵位や財を持たない私に、興味はありませんか？」

「いいえ、そんなことはないです。むしろ、ないほうがありがたい」

そう答えると、デュワリエ公爵はなぜか嬉しそうな表情を浮かべる。

「婿入りも、悪くないかもしれません。〝エール〟の仕事に集中もできますし」

「いやいや、待ってください」

デュワリエ公爵が婿入りしてきたら、確実に家族の胃に穴があくだろう。使用人だって、気まずい思いをするに違いない。

デュワリエ公爵の婿入りは、絶対に阻止しなければならなかった。

もうどうにでもなれと、腹を括る。

「わかりました。花嫁修業はしますし、きちんと嫁ぎますから」

「では、この契約書に署名をしてください」

「え、何これ」

「口約束だけでは、不安なんです。周囲から、ミラベル嬢を脅《おど》して頷かせたのだと言われても困りますので」

「そ、そっか」

私が花嫁修業を嫌がり、駄々《だだ》をこねるという行動は想定済みだったらしい。

なんていうか、デュワリエ公爵は私の何十枚も上手《うわて》なのだ。

一応、契約書は隅から隅まで確認し、怪しい記述がないことを確認したのちに署名した。

「これでいいですか？」

「完璧です。ありがとうございます」

契約書は目にも止まらぬ速さで四つ折りにされ、デュワリエ公爵の懐へと吸い込まれていった。

「実は、フロランスも一緒に花嫁修業をする予定なんです」

「そうだったのですね」

これまで、体調不良を理由に花嫁修業をしていなかったらしい。

「そもそも、妹を嫁がせるつもりはなかったのですが……」

すっかり元気を取り戻したフロランスのほうから、花嫁修業をしたいという申し出があったのだとか。

デュワリエ公爵は賛成しなかった。元気になったと言っても、人並みの社交ができるわけではない。医者は今でも、子どもを産む体力はないだろうと話している。ゆえに、花嫁修業は必要ないと判断していたようだ。

「しかし、フロランスはどこで運命の出会いがあるかわからない。もしものときのために、知識でも身につけたいと言いまして」

それでも、デュワリエ公爵は首を縦に振らなかった。

困り果てたフロランスは、ある提案をした。私を招いて、一緒に花嫁修業をするのはどうかと。

「そこまで言うのならば、と許可したわけです」

私の知らないところで、いろいろと話が進んでいたようだ。

花嫁修業なんてイヤだと思っていたが、フロランスが望んでいるのならばやるしかない。

「ひとまず、午前中は〝エール〟で働いて、午後からはフロランスと花嫁修業をしていただきます。

それで、問題ないでしょうか?」

「わかりました。頑張ります」

そんなわけで、忙しい日々になりそうだ。

ひとりだったらくじけそうだが、今回はフロランスと一緒だ。

なんとかなると、自分に強く言い聞かせた。


突然の花嫁修業に血相を変えたのは、私だけではない。両親も、おおいに動揺していた。

まず、持たせるドレスがない。

最新のドレスは、去年購入したものである。それを、リボンを替え、レースを替えと工夫を凝《こ》らして着回していたのだ。

当然、着古したドレスでなんか行かせるわけにはいかない。父は頭を抱えながらブツブツ呟いている。

「お父様、ドレスはアナベルに借りればいいじゃない」

「ミラベル、お前、それで恥ずかしくないのか？」

「別に」

アナベルに頭を下げてお願いするのには慣れている。我が家にお金がない現実も、別に恥とは思っていない。

デュワリエ公爵はうちの経済状況をきっちり把握している。持参金も、ずいぶんと少ないのに受け入れてくれたそうだ。

今更《いまさら》、ドレスがないくらいで嫌ったりしないだろう。

「すまない、ミラベル……」

「お父様、謝らないで」

家柄に差がある状態で娘が婚約し、父も周囲からいろいろ言われているのかもしれない。父はこれまではのほほんとした性格で、何を言われても気にしていなかった。

家族があぁだこうだと言われて、胸に響いたのだろう。

「お父様、ひとつ、言っておくけれど」

先ほど戦《おのの》いたデュワリエ公爵の一言を、父に伝えておく。

「身分がどうだ、財産がどうだと気にするような発言をしたら、デュワリエ公爵はうちに婿入りしてくると言っていたの」

「なっ⁉」

「だから、あんまり卑屈にならないで、ドンと構えていて。でないと、大変なことになるから」

デュワリエ公爵が婿入りしてきたら父も困るのだろう。神妙な面持ちで、こっくりと頷いた。

夕方になったらアナベルのところに行って、ドレスでも借りようか。と考えていた私のもとに、大量の荷物が届いた。

私室に運び込まれた包みの山に、我が目を疑う。長方形の箱は、ドレスだろう。円形の箱は、おそらく帽子か靴。それが、ざっと見て三十以上はあった。

「え、何、これ……？」

荷物を運び入れたメイドが答える。

「すべて、デュワリエ公爵閣下からの贈り物でございます」

「な、なんですとー⁉」

しばし呆然としていたが、メイドに「大丈夫でしょうか？」と問いかけられて我に返る。

ぼんやりしている場合ではなかった。母を呼んで、メイドの手を借りつつ贈り物の整理を行う。

出るわ、出るわ。高級そうなドレスや靴、帽子にストッキングの数々が。

デュワリエ公爵は私の着回しドレスに気付いていたのだろうか。一度も、本人の前でドレスは一年以上買っていないと発言した覚えはないのだが。

「ミラベル、あなたは世界一幸せな娘よ」

「贈り物をいただくことだけが、幸せではないと思うけれど」

「また、そんなことを言って」

だって、こんなに贈り物を貰った覚えなんてないし、これまで慎《つつ》ましい生活を送りながら生きてきたのだ。突然の豪華な贈り物を、すぐに受け入れられるわけがない。

「ミラベル。お父様から聞いたわ。もしも、私達が身分差や財産などを気にするようだったら、デュワリエ公爵が婿入りしてくると」

「そうだった！」

慌てて近くにあった包みを抱きしめ、「わー、贈り物、とてつもなく嬉しい！　私って、世界一幸せな娘だー！」と叫んだ。

自分でも驚くくらい、棒読みだった。

デュワリエ公爵の婿入りを阻止するため、私は一品一品喜びながら開封した。その後、贈り物に対する感謝の気持ちを、手紙に書き綴っていく。

これで、デュワリエ公爵は我が家に婿入りしようだなんて思わないだろう。たぶん。

そうこうしているうちに、あっという間にデュワリエ公爵家に身を寄せる日が訪れてしまった。

両親は私に一着のドレスを贈ってくれた。庭に咲く菫《すみれ》に似た、大人っぽい色のドレスである。

デュワリエ公爵の瞳の色によく似ていた。

母が選んだというので、デュワリエ公爵の色に染まりなさいという、隠されたメッセージがあるのかもしれない。

兄は靴を贈ってくれた。ベルベット生地の、上品な靴だった。兄のくせに趣味がいいと思っていたら、恋人が選んでくれたらしい。

いったい誰だよと思っていたら、シビルが兄に呼ばれてやってくる。

なぜここにシビルが？　と首を傾げているところに、兄がなんとシビルの肩を引き寄せたのだ。

そして、兄の口から語られる。シビルと結婚を前提にお付き合いしていると。

驚き過ぎて、言葉を失ってしまった。まさか、シビルと兄が恋人同士だったなんて。

なんでも、結婚の約束をするまで、周囲に言うつもりはなかったらしい。鋭いアナベルだけが、ふたりの関係に気付いていたようだ。

長年の説得を経て、シビルの両親から結婚の許可が出たと。

来年の春には結婚するらしい。おめでとうと、心から祝福した。

シビルと義理の姉妹になるなんて、不思議な気分だ。もちろん、とっても嬉しい。

フロランスもこんな気持ちだったらいいな、と思ってしまった。

そんなわけで、家族が贈ってくれたドレスをまとい、靴を履いてデュワリエ公爵家に向かおう。

ばあやが丁寧に化粧し、髪を美しく結い上げてくれる。なんと、流行《はや》っている化粧や髪型を、シビルから習って練習してくれたようだ。

「ああ、まさかこうして、ミラベルお嬢様を送り出す日がやってくるとは」

「ばあや、私はまだ、結婚するわけではないからね」

私とデュワリエ公爵の結婚は来年の初夏辺り。まだまだ時間があるものの、準備はいろいろあるようだ。

「あと十歳若かったら、ミラベルお嬢様の嫁ぎ先にまで付いていくのですが」

「ばあや、ありがとう」

髪はみるみるうちに結い上げられていく。三つ編みにした髪を後頭部でまとめ、ピンを入れて固定させる。そこに、白薔薇の髪飾りを差し込んだ。

いつもは髪を下ろしているので、首筋がスースーする。

この国では、既婚女性は髪を上げる。それに加えて、結婚を間近に控えた女性も、同じように髪を結い上げるのだ。

「ミラベルお嬢様、いかがでしょうか?」

「うん、いい感じ。ばあや、ありがとう」

「もったいないお言葉でございます」

鏡に映る私は、いつもより大人っぽく見えた。

両親が贈ってくれたドレスをまとい、兄とシビルが選んでくれた靴を履く。

真珠の一揃えは、母から譲り受けたものである。亡くなった私の祖母から結婚するときに貰ったものらしい。母は私が結婚するときに渡そうと考えていたようだ。

ドロップ型の耳飾りに、小粒の真珠がレースみたいに編み上げてある首飾り、そしてシンプルな指輪のセットだ。

祖母も母親から引き継いだもののようで、歴史ある一揃えなのだ。

母は「古くさいかもしれないけれど」と言っていたものの、贈られたドレスとよく合う。

まるでお姫様になったような気分で、姿見の前でくるりと回った。

「ミラベルお嬢様、お美しいです」

「ばあや、本当に、ありがとう」

「いえいえ」

ドレスの上から釣《つ》り鐘《がね》状の外套《がいとう》をまとう。これは、アナベルから借りたものだ。さすがに、ドレス用の外套まで買う余裕はなかったのである。

そろそろ、公爵家から迎えが来る時間だろう。エントランスには家族が勢揃いしていて、私のドレス姿を見て涙ぐんでいた。

「いや、帰ってくるんだってば」

今回は花嫁修業をしに行くだけ。それなのに、父と母と兄は、ポロポロと涙を零しながら見送ってくれた。

そうこうしているうちに、公爵家からのお迎えがやってくる。

今度は、きちんと間違いないか確認したのちに乗り込みたい。

公爵家の家紋よし！　御者の身なりよし！　馬車の造りよし！

御者が踏み段を出入口に設置してくれる。誘拐されたときは、これすら用意してくれなかったのだ。

馬車の扉が開かれると、デュワリエ公爵が出てきた。

「うわっ！」

驚きの声をあげると、ジロリと睨まれてしまった。

「ミラベル嬢、なんですか、その反応は」

「す、すみません。まさか、いらっしゃるとは思わずに……。しかし、なぜ？」

「前回あんな事件があったので、絶対に迎えに行こうと思っていたんです」

「さ、さようでございましたか」

扇を広げて、ホホホと微笑む。顔を隠し、動揺を悟《さと》られまいという努力であった。

手を借りて馬車に乗り込む。続けてデュワリエ公爵も乗車し、御者の手によって扉が閉められた。

ステッキで天井を叩くと、馬車が走り始める。

ちなみに、ドレスなどの私物は前日に公爵家の使用人が引き取りにやってきた。そのため、私は何も持たずに公爵家へ向かっている。

「ミラベル嬢、昨晩はよく眠れましたか？」

「ええ、まあ、ほどほどに」

八時間ほど、眠らせていただいた。デュワリエ公爵は睡眠不足だったのか、目が若干血走っている。目の下に、クマもこしらえていた。

「デュワリエ公爵は、あまり眠れなかったようですね」

「ええ。あなたがやってくるという期待感で、胸がいっぱいになっていました」

「またまた、ご冗談を」

そう返しても、デュワリエ公爵は真顔のまま。どうやら本気で私が原因で眠れなかったらしい。

「フロランスも、似たような理由で眠れなかったようです」

似た者兄妹《きょうだい》は、私が大好き過ぎて困る。今からこのような状態で、結婚生活が始まったらどうするつもりなのか。先行きが不安であった。

デュワリエ公爵の寝不足話に耳を傾けていたら、デュワリエ公爵邸に到着した。相変わらずの豪邸である。広い庭を行き来するだけでもちょっとした冒険になりそうだ。

庭では、冬薔薇《ふゆそうび》がちらほら咲いていた。可愛らしい黄色い薔薇が目につく。

「デュワリエ公爵、あの薔薇、可愛いですね」

「あれは〝マ・シェリー＝私の蜂蜜〟という、ミラベル嬢をイメージして作らせた新種の薔薇です」

「な、なんですと⁉」

庭師に薔薇の品種改良をさせて作ったものだとか。まさか、私をイメージした恥ずかしい名前の薔薇を作らせていたなんて。たしかに、髪色に近い色合いである。

「あとで、散歩をするときに紹介するつもりだったのですが」

「目ざとく気付いてしまい、申し訳ありません」

「いいえ、褒めていただけて嬉しいです」

やることがいちいちロマンチックなのだ。現実的な私の脳がついていけずに、悲鳴をあげていた。

「そういえば、ミラベル嬢はいつまで私を爵位で呼ぶつもりなのでしょうか？」

「あ、そ、そうですね」

「そもそも、私の名前を把握していますか？」

「存じております」

ヴァンサン・ド・ボードリアール――いかにも噛みそうな名前だ。

「これからは、ファーストネームで呼んでいただきたいのですが」

ファーストネームということは、「ヴァンサンさん」でいいのか。

なんか、響きが微妙である。親しげに、「ヴァンさん」でいいのか。

これもまた、呼び捨てのように聞こえなくもない。ならば、様付け一択だろう。

「では、ヴァンサン様、とお呼びしてもよいでしょうか？」

デュワリエ公爵は満足げな表情で頷いていた。

「私のほうは、呼び捨てでも、なんでも構いませんので」

「では、ミラと呼んでもいいでしょうか？」

「ど、どうぞ」

ミラ、というのは〝エール〟で名乗っていた名前である。なんとなく響きを気に入っていたので、デュワリエ公爵に呼ばれると気恥ずかしい気持ちになった。

「では、改めて――ミラ、よろしくお願いします」

「はい、ヴァンサン様」

名前を呼びかけるだけで顔が熱くなって、とてつもない羞恥心《しゅうちしん》に襲われている。いつか慣れるのだろうか。

「ミラ、どうかしましたか？」

「なんでもないです」

ようやく公爵邸にたどり着いた。大勢の使用人に出迎えられて気まずい思いを噛みしめ、フロランスの大歓迎を受ける。

「ミラベル、一緒に花嫁修業ができるなんて、嬉しいです」

「フロランス、私も！」

抱き合っていたら、デュワリエ公爵がポツリと呟く。

「私のときとは、ずいぶんと反応が違いますね」

どうやら、デュワリエ公爵も私と抱き合って喜びを分かち合いたかったらしい。しかし、先ほどは家族がいた。

両親や兄の前でデュワリエ公爵に抱きつくほど、私の心臓は強固なものではないのだ。

しかしながら、拗《す》ねられても困る。覚悟を決めて、デュワリエ公爵のほうを向いて腕を広げた。

デュワリエ公爵は無言で接近し、私をぎゅっと抱きしめる。

視界の端で頬を染めるフロランスが見えた。急に照れてしまい、すぐにデュワリエ公爵の胸を押し返す。使用人もいるのに、大胆《だいたん》な行動をしてしまった。今すぐ、時間を巻き戻したい。

「お兄様とミラベルは、仲が大変よろしいのね」

フロランスの言葉に、デュワリエ公爵は大いに頷いていた。

◇◇◇

デュワリエ公爵は「しばしゆっくり過ごしてください」と言うので、お言葉に甘えてフロランスとお茶を飲む。

「あんなに嬉しそうにしているお兄様は、初めて見ました」

「そうなんだ」

一見して無表情にしか見えなくても、フロランスにはさまざまな感情を読み取れるらしい。

「ミラベルがきてくれて、本当に嬉しいです」

「私も、嬉しい」

これから、フロランスと一緒に花嫁修業を開始する。

いったいどのような教育計画《カリキュラム》が立てられているのか。

王侯貴族や名家の娘は社交界デビュー前に、教師を招いて学問や教養、芸術、礼儀を身につける。

そこで行う課程が、花嫁修業とも呼ばれていた。

「ねえ、フロランス。今回の花嫁修業では、いったいどういう内容を学ぶの？」

「礼儀作法が中心だと聞きました」

「そ、そう」

アナベルは十歳のときから、家庭教師を招いてしっかりと花嫁修業をしている。せっかくだから一緒に受けたらという伯母の提案で、アナベルと授業を受ける日もあった。

ただそれも、完璧に習得したわけではない。アナベルのついでなので、当然教師も熱心に指導してくれるわけではなかったし。

礼儀だけはしっかり叩き込んでおかないと、社交界で恥をかく。

恐ろしい話をする。

貴族の面々は、その人のふるまいや言動で、どういう育ちであるか察知する特殊能力を持っているのだ。

いくら性格がよくて心が温かい人であっても、礼儀を身につけていなければ会話にすら入れてもらえない。社交界は華やかに見えて、酷く残酷なのだ。

「ミラベル、嫌だったら、お断りをしていいんですよ？　無理は禁物です」

「フロランス……」

堅苦しい付き合いなんて、なるべくしたくない。けれど、公爵夫人になればそういう付き合いも増えてくるだろう。

最初は、デュワリエ公爵が好きだから結婚を受け入れた。けれど、日に日に現実が見えてくる。しだいに、私なんかと結婚して、デュワリエ公爵やフロランスがいろいろ言われるのではないかと不安になった。

やっぱり、お断りするべきなのかもしれない。生まれや育ちが、あまりにも違う。

花嫁修業が完璧なアナベルならばまだしも、オマケで教育課程をクリアした私が公爵閣下の花嫁なんて務まるわけがなかった。

と、うじうじしている私の背中を、アナベルがおもいっきり叩く。

比喩《ひゆ》ではない。アナベルは本当に、私の背中を叩いてくれたのだ。

アナベルは言った。弱気でどうする。挑戦する前に泣き言を言うなんてもってのほか。

当たって砕けろ、ミラベル！　と私を奮い立たせてくれたのだ。

身につけた礼儀作法は、私を守る鎧《よろい》となる。アナベルはそう教えてくれた。

今回は独りではない。フロランスもいる。

だから怖がらないで、デュワリエ公爵との結婚に立ち向かおうと思った。

うじうじ悩んでいたことを反省していたが、この時期の女性の多くは悩みを抱えるらしい。

結婚前と結婚後の環境の変化を想像して戸惑い、落ち込んでしまうのだとか。

乗り越えた先には、きっと楽しい毎日が待っているだろう。そう信じて、頑張るしかない。

「フロランス、頑張ろうね！」

「はい！」

私とフロランスの花嫁修業が、今、始まる。


朝――日の出と共に起床し、使用人が持ってきた洗面器と水を使って顔を洗う。石鹸《せっけん》まで泡立ててくれるので、至れり尽くせりである。

洗顔のあとはタオルでそっと水分を吸い取り、間髪入れずに化粧水が塗られていった。

しっかり歯を磨いたあと、紅茶が寝台まで運ばれる。

アツアツの紅茶を飲み干したあとは、ドレスが運ばれてきた。一着だけでなく、五着もある。

侍女が丁寧に手に取って、私のほうへ見せてくれた。どれも、デュワリエ公爵から贈られたドレスである。

適当に決めてくれたらいいのに、そういうわけにはいかないのが上流階級のお決まりだ。主人たる女性がきちんと侍女に命じて、一日のコーディネイトを考えなければならないのだ。

当然、こういう指示には慣れていない。だが、アナベルが命令しているところは何度も見ている。ひとまず、それを真似ればいいのだ。

貴族女性は一日に何度も着替える。ゆっくり過ごす時間より、着替えのほうが長いと言われるくらいだ。覚悟を決めて、挑まなければならないだろう。

ひとまず、朝はアジュールブルーの落ち着いた色あいのモーニングドレス。昼間は明るいクロームイエローのデイドレス。昼過ぎから夕方までにかけては、お茶会があればティーガウン、なければアフタヌーンドレス。夜はイブニングドレス――着替えだけで一日が終わりそうだ。

なんとか侍女に指示を出すと、今度は着替えが始まった。

これまで着替えはほとんど自分ひとりで行っていた。背中のボタンをかけるときだけ、メイドやばあやの手を借りていたのだ。

今日みたいに、一から着替えを任せるというのは、なんだか申し訳ない気持ちになる。かと言って、断るわけにもいかないのだが。

母が話していたのだ。使用人も、主人がどういう人物なのか見ていると。

自分達が仕えるに値する者であれば、誠心誠意動いてくれるだろう。そうでないと判断された場合は、とんでもない事態になるという。

これも母が聞いた話なのだが、ある貴族令嬢が身分差結婚をしたらしい。それまで身支度は自分でしていたが、何もかも使用人がしてくれるようになった。ひたすら恐縮し、過剰に感謝した。すると、侍女達は主人を軽んじるようになる。

基本的に、持ち物は使用人が管理する。しっかり把握していなかったため、頻繁に盗まれていたようだ。それにも気付かなかったために、侍女達の行動はエスカレートしていく。

作ったばかりのドレスをそろそろ下げ渡す時期だと嘘をつき、侍女達で分け合ったり――宝石商を呼んで自分達の装身具を購入したり――などと好き勝手な行動を繰り返していたという。

最終的に夫が気付き、使用人をまとめて解雇したという話だったが、誰も気付かずにいたらと思うとゾッとする。

使用人に対して、適切な距離というのも大事だという話である。

しかしながら、今回私は客人という立場である。そのため、あまり距離を測っていると「なんだこいつ」となるだろう。

手伝ってくれる侍女に感謝しつつ、いい感じのお付き合いをしたい。

化粧を施してもらい、髪を美しく結い上げたあと、ドレスをまとう。仕上げに、見たことのない装身具が着けられた。

これは以前、カナンさんが原型作りをしていた〝エレガント・リリィ〟の新作である。ついに完成したようだ。

まさか、サイレントで贈ってくるなんて。予告をして贈ろうとすると私がいろいろ言うので、強硬手段に出たのかもしれない。

デュワリエ公爵もあの手この手と手法を変えて行動してくる。まったく読めないのが、悔しいところだ。

身支度が終わると、食堂へ向かう。

朝からデュワリエ公爵に会うなんて、緊張しかない。フロランスがいるのが、せめてもの救いだろう。

食堂にはまだ誰もおらず、ひとまずホッと胸をなで下ろす。給仕係が引いた椅子に腰かけた。

安堵したのもつかの間のこと。デュワリエ公爵が食堂にやってくる。

「ミラ、おはようございます」

「おはようございます、デュワリエ公爵――ではなくて、ヴァンサン様」

名前を呼びかけると、デュワリエ公爵は春の訪れのような暖かな微笑みを浮かべていた。それを目《ま》の当たりにした給仕係が、ギョッとした表情を見せるのは少しだけ面白かった。

きっと、微笑むことなんてめったにないのだろう。

続けて、フロランスがやってくる。

「まあ、私が最後だったのですね」

「大丈夫。今来たばかりだから」

「ミラベル、ありがとうございます」

朝食が運ばれる。焼きたての三日月型のパンに、カフェボウルに注がれたアツアツのショコラ、新鮮な果物がカットされたものに、野菜たっぷりのスープ、ゆで卵に、分厚いベーコン。

おいしそうな朝食をいただく。

デュワリエ公爵やフロランスの所作《しょさ》を横目で見てみると、やはりふたりとも優雅だ。これは、長年の習慣から身についているものなのだろう。

私も、ふたりに恥じない貴人にならなくては。改めて、気合いが入った。

デュワリエ公爵は王宮に出仕する日らしい。フロランスはそのままの位置から「お兄様、いってらっしゃいませ」と送り出す。特に見送りなどは必要ないようだ。

私も同じように声をかけようとしたが、胸元で触れた首飾りに気付いてハッとなる。

慌てて立ち上がり、デュワリエ公爵のほうへと駆け寄った。

「ヴァンサン様、あの、その、こちら、ありがとうございました」

すると、デュワリエ公爵は淡《あわ》く目元を細める。

「よく似合っていると、食事中思っていました」

まさか見つめていたなんて。頭の中は食事のマナーでいっぱいだったので、気付いていなかったのだろう。

デュワリエ公爵は身をかがめ、耳元でそっと囁く。

「夜になったら、ゆっくり身につけているところを見せてください」

これまでになく、甘い声だった。

デュワリエ公爵が離れるのと同時に、耳を押さえる。心臓に悪い声だ。頬が燃えるように熱い。

きっと、恥ずかしいくらい真っ赤になっているだろう。


それからしばし休憩したあと、礼儀作法の教師がやってくる。

年の頃は四十代前後だろうか。若い頃は王族に仕えていた御方らしい。

威厳があって、見ているだけで背筋がピンと伸びるような人物であった。

「アレクサンドラ・ド・オービニエと申します。以後、お見知りおきを――」

言い終えると、急に視線が鋭くなる。射貫《いぬ》いたのは、私だ。

どこからか取り出した定規が、ビシっと向けられる。

「ミラベル嬢、座り方がまったくなっておりません！」

「ヒッ！」

「貴婦人たるもの、一瞬たりとも気を抜いてはならないのです！　いいですね？」

「は、はい」

一応、きちんと座っているつもりだったが、それすらもなっていなかったらしい。

「いいですか？　正しい座り方は、上から髪の毛を強く引っ張られているような感覚をイメージし、お腹の下あたりに力を入れて軸を保つのです」

「髪の毛を上から引っ張られる……」

言われたとおりやってみたものの、隣に座っていたフロランスがくすくすと笑い始める。

「ミラベル、お顔に力が入っていて……ふふふ、大変なことに……！」

私の顔を見て笑ってしまったフロランスも、もれなく怒られていた。完全に、貰い事故である。心から申し訳なく思った。

「あの、先生、よくわからないので、実際に髪の毛を引っ張っていただけますか？」

「そんなことを申す生徒は、あなたが初めてですよ……」

と、こんな感じで、礼儀作法の授業が始まった。

先生は本当に厳しくって、名前を聞いただけでも戦いてしまう。けれど、たった一日の学習で私の心構えは大きく変わったような気がした。

一ヶ月後には、立派な貴婦人になっているだろう。

デュワリエ公爵は夜遅くに帰宅してきたようだ。すでに私はお風呂に入り、あとは眠るだけの状態であった。

それなのに、少しだけ会う時間はあるかと、使用人を通してお伺いを立ててきたのである。

結婚前の男女が、夜に密会するなんて絶対にダメだろう。礼儀作法の先生が知ったら、卒倒するに違いない。

ただ、そういえば朝に私が〝エール〟の装身具を着けた姿を見たいとか言っていたような。了承したわけではないものの、いただいた以上、しっかり身に付けたところを見せるべきではないのか。

侍女に命じて、寝間着からドレスに着替えた。きっちりとしたドレスではなく、胸下から切り替えがあり、スカートは直線を描いたゆったりした一着だ。

胸元には、朝に賜った〝エレガント・リリィ〟の首飾りを着けた。服の上からでも、素肌に着けても、この首飾りは可愛い。改めて思う。

侍女をひとり引き連れ、デュワリエ公爵の私室へと向かった。

「お待たせいたしました」

デュワリエ公爵の私室は薄暗い。暖炉の火が灯るばかりで、他の照明は落とされていた。

立派なマントルピースは確認できたが、周囲の様子はよくわからない。それくらい、暗いのだ。

ぼんやりと、独り掛けの長椅子に腰かけるデュワリエ公爵の姿があった。

近くに寄れと、手招きしてくる。首飾りを着けた姿を、よく見せるようにと。

一歩、一歩と慎重に接近していく。

「えーっと、これくらいの距離で、見えますでしょうか」

「まったく見えません」

もう少し、もう少し……そんなことを繰り返すうちに、あと一歩でデュワリエ公爵の膝に座ってしまうという位置までたどり着いてしまった。

しまったと思って足を引こうとしたものの、腰に手を回される。

「ヒッ！」

思わず、口から悲鳴が飛び出てきてしまった。

デュワリエ公爵は両腕を回し、がっしりと私を抱きしめる。どうしてこのような状態になってしまったのか。

わずかに身をよじって、背後にいる侍女に助けを求めようとした。

しかしながら、侍女の姿はない。

「あれ⁉　侍女は⁉」

「退室していただきました」

「ちょっ！　これ、怒られるやつですよ！」

「デュワリエ公爵家の当主たる私を、どこの誰が怒るというのですか？」

「そりゃそうだ！」

思わず納得してしまう。たしかに、デュワリエ公爵を窘《たしな》める立場の者は、ここにはいないだろう。

礼儀作法の先生も、デュワリエ公爵には何も言えないはずだ。

デュワリエ公爵は何を思ったのか、首飾りごと私に触れる。

指先に触れられた場所が、焼けるように熱い。

声を振り絞って、抗議する。

「っていうか、朝は見るだけって言っていたじゃないですか。なんでお触りしているんですか」

「心底疲れているので、ミラに触れたら元気になると思ったのです」

「科学的根拠は⁉」

「今、実感しています」

「それ、個人の感想じゃないですか！」

いくら抵抗しても、離れてくれない。

「あの、デュワリエ公爵」

「ヴァンサンです」

「ヴァ……ヴァンサン様、ひとつ質問したいのですが？」

「なんでしょう？」

「どうして、一日中働いたあとなのに、そんなにいい匂いがしているのですか？」

確実に、どこぞの女のところに立ち寄って、お風呂に入ってきた者の匂いである。正直にそう告げると、「酷いです」と地を這《は》うような言葉がかえってきた。

「ミラに会うために、明日の明け方までかかるような仕事を最速で終わらせてきたというのに」

「すみません」

デュワリエ公爵は常に人外《じんがい》じみたいい匂いがする男である。

そう、結論づけた。

ひとまず、視界いっぱいに入ってくるデュワリエ公爵を見続けられないと言うと、パッと放してくれる。

が、デュワリエ公爵は私を持ち上げ、視界がくるりと反転する。着地したのは、デュワリエ公爵の膝の上だった。

「えっ⁉」

よくわからない状況は続く。恐る恐る、質問を投げかけてみた。

「あの、これ、楽しいですか？」

「ものすごく」

本当に疲れているのだろう。私を膝に乗せたまま、数分間黙り込む。膝の上から退こうとしたら、引き留められた。いいから座っておけと、暗に言いたいようだ。

十分後、解放される。もう、部屋に戻っていいらしい。

「あの、しっかり休んでくださいね」

「……」

「返事してください」

コクリと頷くのを確認してから、デュワリエ公爵の部屋をあとにする。

廊下で侍女が待っていた。なんとなく、恥ずかしい気持ちになる。

「あの、私、どれくらいデュワリエ公爵の部屋にいました？」

「十五分ほどだったかと」

体感では、一時間以上いた気がした。それくらい、濃厚な時間だったのだろう。侍女に「ふたりきりにしないでください」と言ったが、「申し訳ありません」という謝罪しか返ってこなかった。

◇◇◇

それからというもの、朝から昼まで〝エール〟で働き、午後からは礼儀作法について学ぶという日々を過ごす。

礼儀作法の先生の厳しさは相変わらずだが、日に日に怒られる頻度は少なくなったように思えた。

学習の成果として、お茶会の開催が決まった。

招待するのは、アナベルとシビル。

アナベルと聞いてフロランスは若干不安そうにしている。

「フロランス、大丈夫。アナベルは取って食べたりしないから」

「ええ、そうですよね」

これまで、アナベルはフロランスを取って食べると思っていたのだろうか。

確かにアナベルは勝手気ままな性格だが、最近は以前よりもずっと優しくなった。

かつて暴れん坊暴君と呼ばれていたアナベルも、一人前の貴婦人となったのである。

「私が接待役《ホステス》をするから、フロランスは補佐役《コ・ホステス》をお願い」

「わかりました」

フロランスは接待役をやったことがないというので、経験がある私が先にやることに決まった。

別にフロランスが接待役でも問題ないのだが、客はあのアナベル様だ。きっと、フロランスは緊張してしまうだろう。そんなわけで、私が接待役を務めることとなった。

まず、アナベルとシビルに送る招待状《インビテーションカード》を作成する。

内容は至ってシンプルでいいようだ。

招待者の名前と、主催者の名前、日時、場所、ドレスコードを書くだけだ。

最後に、"R.S.V.P."と書いておくのも忘れずに。

これは「お返事をお待ちしております」の略語である。昔からの貴族の慣習らしい。

招待状を封筒に入れ、封に蝋燭《ろうそく》を垂らし、デュワリエ公爵家の家紋をしっかりと押す。あとは、侍女に託してアメルン伯爵家に届けてもらうばかりである。

あとは、当日飲む紅茶の茶葉やお菓子、テーブルコーディネイトについて話し合う。

この辺はフロランスが断然詳しい。ポンポンと、楽しげな着想が浮かんでくるようだ。

「スコーンは絶対に外せないし、サンドイッチや焼き菓子《ペイストリー》にもこだわりたいです。あ、アイスクリームを出すのはどうでしょうか？」

「いいかもしれない」

「ですよね！」

話はどんどん広がっていく。

「お茶会の計画が、こんなに楽しいなんて知りませんでした」

「私も初めて。きっと、フロランスと一緒だからだと思う」

前回お茶会を企画したときは、何か不備がないかとハラハラしていた。保身が第一にあったので、何もかも及び腰になっていたのかもしれない。

今回のお茶会は、アナベルやシビルに心から楽しんでもらうために考えている。フロランスも一緒なので、余計に楽しいのかもしれない。

「ずっと、こういう日が続けばいいと思っているのですが――」

楽しい表情から一変して、フロランスの瞳が僅かに翳《かげ》る。

「フロランス、どうかしたの？」

「あ――いえ。早く結婚して、この家を去らなければと考えていたので」

「え、どうして⁉」

「だって、ここはお兄様とミラベルの家になるので、私はお邪魔かなと」

「そんなことないから！」

フロランスを抱きしめ、背中を撫でる。細い肩は、微《かす》かに震えていた。

もしかしたら、ずっと不安に思っていたのかもしれない。

兄が結婚するから、今度は自分の番だと。

「私……自分が結婚に向いているとは、思っていなかったんです。体調のこともありますし、男性が、その、苦手で……」

しかし貴族女性として生まれた以上、そうも言っていられない。頑張って花嫁修業を行い、一族の繁栄を願って結婚をしなければ。そう、強く考えるようになっていたらしい。

「でも、本当は家を出ていくのが、怖かったんです。私は、ごくごく限られた範囲しか行き来していなかったので。社交界の付き合いも苦手なのに、嫁ぎ先で上手くできるか、不安で、不安で……！」

あとは、言葉にならなかった。フロランスはポロポロと、涙を零している。

花嫁修業を明るく元気にこなしているように見えたので、私もうろたえてしまった。

「フロランス、大丈夫だから。デュワリエ公爵はあなたを手放すつもりはないはず」

「ほ、本当、ですか？」

「ええ。花嫁修業だって、フロランスがやりたいと望んだから許可しただけだとおっしゃっていたもの。だから、ずっとこの家にいていいの」

「お兄様はよくても、ミラベルは？」

「私は、大好きなフロランスがいたら、ものすごく嬉しい。できればだけれど、ずっとずっと、一緒にいたいの」

「ミラベル～～！」

声に元気が戻ってきたので、ひとまず安堵する。

私だって、フロランスがいない公爵邸での暮らしは不安だ。

彼女がいるからこそ、こうして泊まり込みでの花嫁修業もできたわけだし。

しかしまあ、人生何が起こるかわからない。

フロランスの前に、王子様が現れる可能性だってあるのだ。そのときは、王子様に婿入りしてもらおう。そんなことを心の中で考えていた。

◇　◇　◇

お茶会当日となる。

フロランスとふたり、ドキドキしながらアナベルとシビルがやってくるのを待った。

「ああ、なんでアナベル相手にこんなにドキドキしているのか」

「ミラベルの倍、私は緊張しています」

フロランスと手を取り合い、ガクブルと震えてしまう。

お茶会の準備はぬかりないが、それでも不安なのだ。そうこうしているうちに、アナベルとシビルがやってくる。

一ヶ月ぶりのアナベルの姿に、ウッと圧倒される。溢《あふ》れんばかりの自信を、眩しく思った。

戦々恐々としている場合ではなかった。接待役の私が一歩前に出て、挨拶をしなければならない。

「アナベル、シビル、ようこそいらっしゃいました」

「お招きいただき、嬉しく思うわ」

お茶の好みを聞きながら、応接間《ドローイングルーム》に案内する。

ちらりとフロランスのほうを見たら、自然な様子でアナベルと話していた。生まれたての子鹿《こじか》のようにガクブルと震えていたらどうしようと思っていたものの、案外大丈夫そうだ。

公爵家の白の客間は、大変美しい。大理石や象牙《ぞうげ》を使い白で統一された内装は、誰もが熱い吐息をもらすという。

アナベルも例外ではなく、応接間を眺めて瞳を潤《うる》ませていた。

侍女が紅茶やお菓子を運んでくる。フロランスと一緒に、厳選したものばかりだ。

お菓子の載ったお皿が、品よく並べられていく。

喫茶店でよく見かける、お皿が三段に重なったスタンドは上流階級のご家庭では使わないらしい。

あれは、狭いスペースを有効に使うために作られたものなのだとか。

お菓子のオススメは、異国風ジャムサンド。甘酸っぱいフランボワーズのジャムは、私とフロランスの手作りである。公爵家にある温室で自家栽培していると聞いたので、フロランスとふたりで摘んだのだ。

そんな話をしつつ、お茶会を盛り上げる。

花嫁修業をしていて気付いたのだが、アナベルの礼儀作法は完璧だ。

カップの持ち方も、お喋りの相槌《あいづち》の打ち方も、お菓子を食べるタイミングまで完璧である。さすが、伯父であるアメルン伯爵がデュワリエ公爵の花嫁として送り出そうとしていた女性だ。

今後、わからないことがあれば、アナベルに聞けばいいのだ。

霧の中を歩いているようだった花嫁修業に、一筋の光が差し込んだ瞬間である。

花嫁修業の集大成とも言えるお茶会は大成功だった。ホッと胸をなで下ろす。

同時に、公爵家での花嫁修業にも終わりを告げるときがやってきた。

帰り際《ぎわ》に、デュワリエ公爵が私の帰宅を渋りそうだな……などと考えていたが、私の予想は見事に外れた。

「ミラベル、帰らないでください～～！」

フロランスが私を引き留めるように抱きつき、わんわん泣き始めたのだ。

その背後で、デュワリエ公爵は困った表情でいる。

このパターンは、まったく想像していなかった。

「フロランス、大丈夫。結婚したら、嫌って言うほどずっとこの家にいるから」

「今、ミラベルと過ごしたいんです」

そういうふうに言ってくれるのは嬉しい。可愛くもある。

だが、今は家に帰らないといけないのだ。

デュワリエ公爵のほうを見て助けを求めるものの、気まずそうな表情で見返すばかりであった。

おそらく、フロランスがこのように我が儘を言うことはなかったので、どういう対応をしていいのかわからなくなっているのか。

「わ、わかった！　だったら今度は、フロランスがうちに泊まりがけで遊びにきたらどう？」

兄は新居に移っていないし、父だってほとんど家を空けている。気楽に過ごせるだろう。

「いいのですか？」

「私はいつでも大歓迎だから」

フロランスはデュワリエ公爵を振り返る。困惑の表情のまま、コクリと頷いていた。

そんなわけで、フロランスは私にべったりとなってしまった。

デュワリエ公爵は「これが妹離れですか……」と呟く。

申し訳ない気持ちになったのは言うまでもない。

## 第五話だけれど、ついにアナベルが決意したようです！

なんと、あのアナベルが王太子殿下の離宮の召し使いとして選ばれた。今回は期間限定でなく、可能な限り続けるという。

前回はシビルと私を伴《ともな》って行ったが、今回はひとりで行っているようだ。

王太子殿下のために、日夜せっせと働いているという話を聞いた。

アナベルの立派な姿に、涙が溢れてしまう。

王太子殿下は日に日に元気になっているらしい。今は公務に復帰し、体調と相談しながら執務を続けているようだ。

そんな王太子殿下に仕えることが、アナベルの喜びだという。

いつか、王太子殿下は結婚する。それを見守れるか、アナベルの中で大きな問題になっていたらしい。しかし、実際に働き始めると、何もかも気にならなくなったという。

おそらく、王太子殿下が結婚しても今と同じように働ける。誠心誠意お仕えしたい。

アナベルは優しい微笑みを浮かべつつ、私に話してくれた。

王太子殿下とアナベルの結婚を望むのは、愚《おろ》かなことなのだろう。

王族と伯爵家の結婚なんて、苦労は目に見えている。

国の長い歴史の中で、王族は他国の王族とばかり婚姻《こんいん》を交わしていた。家系図を遡っても、王太子が貴族の娘を娶《めと》った記録は残っていない。

アメルン伯爵家だって、アナベルを王太子に嫁がせるほどの持参金なんて用意できないだろう。だから、王太子殿下とアナベルの結婚なんて夢のように現実味のない話なのだ。

なんて考えているところに、思いがけない打診が届いた。

なんと、王太子殿下はアナベルを妻として娶りたいという。野心家の伯父は大喜びだと思いきや、驚き過ぎて白目を剥いて倒れてしまったらしい。

私も父から聞いたときは、目眩《めまい》を覚えた。なんとか気合いで倒れなかったけれど、卒倒した伯父の気持ちはよくわかる。

気になるアナベルの反応は――大激怒ののちに、「お断りして!」と叫んで部屋に引きこもってしまったようだ。

さすが、アナベルだとしか言いようがない。

アナベルは大丈夫だろうか。ほとぼりが冷めたら、話を聞きにいこう。

などと考えていたのに、父からアナベルの様子を見に行ってほしいと頼まれた。なんと、半日部屋に引きこもって、紅茶の一杯すら口にしていないらしい。

猛獣のごとく荒ぶるアナベルのところに行っても、会ってもらえないだろう。逆に、噛みつかれて終わりである。

しばらく放っておいたらと言っても、父は引き下がらなかった。

しばしの押し問答の末、私が折れる。ばあやの作ったサンドイッチの入ったカゴを持ち、アナベルの部屋を訪問した。

彼女の部屋の前には、シビルもいた。

「あ、シビルまで閉め出していたんだ」

「そうなの」

今、最高に荒ぶっているらしい。シビルが何を言っても、聞く耳は持たないようだ。

「うーん。そうだろうなと思っていたけれど、お父様がアナベルのところに行けって聞かなかったんだよね」

はーー、と深いため息をついたのちに、アナベルに声をかけた。

「アナベルー、ばあやのサンドイッチを差し入れに持ってきたの。一緒に食べましょう」

しーんと静まり返る。反応は当然ない。

シビルを振り返って肩を竦《すく》めていたら――突然扉が開いた。

「え!?」

腕を掴まれ、アナベルの部屋へと引き込まれる。

「あ～れ～！」

扉はバタンと閉められ、素早く施錠される。

振り返ったアナベルは、潤んだ目を真っ赤にさせていた。

「ア、アナベル」

「お腹が空いたわ。ばあやのサンドイッチ、早く食べましょう！」

その言葉を聞いて、ホッと胸をなで下ろす。食欲があるというのは、いいことだ。

暖炉の火で湯を沸かし、お茶を淹れる。蒸らす時間を計る砂時計の砂がすべて落ちきったら、磁器の美しいカップに紅茶を注いだ。

アナベルは、お皿に盛ったサンドイッチを睨みつけていた。

「あの、食べない？」

「ええ」

アナベルはサンドイッチを手に取って、小さな口でパクリと食べた。その瞬間、じんわりと涙が浮かんだ。

ばあやのサンドイッチは、涙を流すほどおいしい。そういうことにしておく。

作りすぎではないかと思ったサンドイッチは、ふたりでぺろりと食べてしまった。

二回目の紅茶を淹れたあと、アナベルはぽつり、ぽつりと話し始める。

「王族との結婚なんて、上手くいくはずないのよ」

「アナベル……」

そんなことはない。アナベルならば、きっと王太子殿下を支えられるはず――なんて言葉は、アナベルは欲していないだろう。

今はただ混乱状態で、不安を吐き出したい状態だ。私ができるのは、話を聞くことだけ。

アナベルの隣に座り、肩を抱く。優しく頭を撫でると、アナベルは小さな子どものように泣いて、私の膝の上で眠ってしまった。

◇　◇　◇

両親ときちんと話し合おう。アナベルはそう決意し、引きこもり状態から脱した。

なぜか私にも同席してほしいと言うので、話し合いの場に参加する。

アナベルは毅然《きぜん》とした様子で、王太子殿下と結婚はできないと主張した。

伯父は、アナベルを嫁がせたいようで説得を試みている。けれど、アナベルの鋼《はがね》の意思はこれっぽっちも揺るがなかった。

伯母は、どうしたらいいのかわからず、戸惑っているように見える。

一方アナベルは、王族に嫁に出せるほどの持参金はあるのかと、両親を猛烈に問いただしていた。

「いや、しかし、王太子殿下の伴侶《はんりょ》として選ばれるなんて、めったにないことだ。光栄な話なのに」

「わたくしはお父様と違って、身の程をわきまえているのよ」

もしも強引に進めるつもりならば、修道院に駆け込むとまで言ってのけた。

なんていうか、アナベル、強い。

「ああ、なんてことだ。せっかくのチャンスなのに……！」

「ミラベル。アナベルを説得してくれないか？」

「そう言われましても」

アナベルはこうと決めたことは、意地でも貫《つらぬ》き通す。その性格を、伯父と伯母はよくわかっているはずなのに。

「お父様、これ以上食い下がるようだったら、わたくし、今晩にでも修道院に向かうわ」

「お前は、誰に似てそうも頑固《がんこ》なんだ」

「お父様とお母様に似ているのよ」

話はこれで終わりみたいだ。伯父はしょんぼりと肩を落としている。

フライターク侯爵絡みの事件で、伯父は要職から外された。デュワリエ公爵は身内となる者にも、容赦《ようしゃ》なかった。

今回も、アナベルが王太子殿下と結婚したからといって、伯父の地位が向上するわけではない。

しかしながら、王太子殿下と娘が結婚したという名声は欲しいのだろう。

再びアナベルの部屋へと戻る。今度はシビルも中に入れてもらえた。

「ミラベル、ありがとう」

「え、私、何かした？」

「したわ。ひとりだったら、お父様に強く言えなかった」

「いや、まさか！」

私は隣で、戦々恐々としていただけだ。アナベルひとりでも、十分戦えただろう。

「たぶん、お父様は躍起になって、新しい結婚相手を探してくると思うの。でも、それは受け入れるわ。それが、貴族に生まれた女性の務めですもの」

「アナベル……」

想い合って結婚するというのは、貴族社会においてほぼないと言っても過言ではないだろう。私とデュワリエ公爵みたいな恋愛結婚は、奇跡に近い。

かける言葉が見つからず、視線を泳がせてしまった。

◇◇◇

本日はお休み。このところ結婚式の準備やら、〝エール〟でのお仕事やら、〝ミミ〟の装身具作りやら、バタバタと忙しい日々を送っていた。

今日は何も予定は入れていない。ゆっくり過ごす日があってもいいだろう。

そう思っていたのに、嵐《あらし》は突然やってくる。

アナベルが、朝も早くからやってきたのだ。

「ミラベル、大変よ！」

「え、アナベル、どうしたの？」

「王太子殿下から、今日、個人的にお話があるから来てほしいって、カードが届いたの！」

「それはまた、突然だね」

急ではあるものの、アナベルは今日も仕事をしに離宮へ行く予定であった。王太子殿下はそれを把握していて、呼び出したのだろう。

「アナベル、頑張っ――」

「ミラベル、ついてきて！」

「え、なんで？」

「だって、心の準備ができていないの！」

「でも、離宮で頻繁に、王太子殿下にはお会いしているでしょう？」

「いいえ。以前ミラベル達と一緒にお目にかかってから、一度もお会いしていないの」

「え、そうだったんだ」

手紙は交わしていても、実際に顔を合わせていなかったと。

たしかに、王太子殿下が特定の女性と会い続けたら、よからぬ噂も広がるだろう。

なんて清い関係なのか。物語にして認《したた》めたいと思ってしまった。

「でも、アナベルを呼び出して何を話すつもりなんだろう？」

「わからない」

「もしかして、アナベルが結婚を断ったから、考え直してほしいって言うのかもよ」

「それは、ありえないわ。お父様が、きちんとお断りしたもの」

「そう」

部外者が離宮に立ち入るのはどうかと思ったが、アナベルの強い懇願により同行することに決めた。アプリコットカラーのドレスに着替え、アナベルと共に王太子殿下の離宮を目指す。

前を歩くアナベルの足取りは重たい。気持ちは多いに理解できる。

かつての私も、デュワリエ公爵との結婚に対して後ろ向きだったから。

今回は寝室ではなく、応接間で会うようだ。

ずらりと並んだ護衛に会釈しつつ、応接間の扉を開く。

「やあ、アナベル。ああ、ミラベルも。すっかり久しぶりになってしまったね」

王太子殿下は立ち上がり、爽やかに挨拶してきた。

以前よりもずっと顔色がよくなり、立って歩けるまでに回復したようだ。

優しげな目が、アナベルを見つめていた。

お邪魔だったらどうしようかと思っていたが、笑顔で迎えてくれたので内心ホッと安堵する。

勧められた椅子に腰かけるも、まったく気分は落ち着かない。どうやら、アナベルの緊張が移ってしまったようだ。

「悪かったね、仕事があるのに、突然呼び出してしまって」

「いえ。お会いでき、光栄です」

アナベルの声が珍しく硬い。緊張しているのだろう。膝の上にある手は、強く握られているように見えた。溢れんばかりの感情を、押さえつけているのだろう。

「今日は、アナベル、君に改めて結婚を申し込もうと思って」

アナベルは弾かれたように立ち上がる。

逃げ出すのではと思ったが、王太子殿下が「アナベル、座って話を聞いてほしい」と言うとストンと腰を下ろした。

やはり、王太子殿下はアナベルに結婚の話をするために呼び出したのだ。

弾かれたように立ち上がってこの場を去らないといけないのは、私のほうだった。完全に、お邪魔虫である。

どうしようかと迷っていたら、アナベルが地を這うような低い声で言った。

「ミラベル、そこにいなさい」

「ひ、ひゃい」

あまりのド迫力に、うわずった返事をする。

私は王太子殿下の求婚の場に、居合わせてしまうこととなった。

「アナベル、君はおそらく、私を愛しているのだろう」

王太子殿下ははっきりと言い切った。

アナベルは、唇を噛みしめる。嘘でも、「愛していない」とは言えないのだ。彼女は、正直で嘘がつけない女性《ひと》だから。

「私も、アナベル、君を深く愛している。ずっと、君を妻として迎えられたらどんなによいだろうと、思っていた」

しかしながら、ふたりの間には身分に差があった。とても、結婚なんて許されない。

「毒を盛られて、医者から余命幾ばくもないという診断を受けたとき、私は王として即位したかったという無念よりも、アナベル、君と過ごす時間が残り少ないことを嘆いてしまったんだ」

その瞬間、王太子殿下は父親である国王を呼び、ある願いを口にした。

「王位継承権を、返上する、と」

国王はすぐに頷かなかった。生き延びて、きちんと王冠を受け取れと叱咤《しった》したという。

余命が宣告され、弱気になっていると思われていたようだ。

「元気になって、改めて、アナベルと共に過ごしたいと思うようになったんだ。私は、王族失格だ。だから、今一度父に申し出たのだよ」

国王を務める体力なんてとてもない。それより、第二王子に王位継承権を譲り、補佐する立場になりたい。王太子殿下はそう、望んだという。

「二回目の申し出で、陛下も本気だと思ったのだろう。王位継承権の返上を、受け入れてくれた」

「そんな。わたくしのために……?」

「いいや、これはアナベルと共に生きたい私の我が儘だ。もともと、体も弱い。王の器ではなかったのだ」

王太子殿下は玉座を選ばずに、アナベルを選んだのだ。

「もちろん、気持ちを押しつけるつもりはない。嫌だったら、断ってほしい。面と向かって君に振られたならば、諦めもつくだろう」

「わたくしは――」

アナベルの横顔を見る。喜びと困惑が入り交じった表情を浮かべていた。それも無理はない。アナベルはきっと、自分のせいで結婚後に王太子殿下がいろいろ言われるのが嫌なのだろう。

愛する人の幸せを思えば、身を引けるような女性なのだ。

結婚をしてアナベルが不幸になるのならば、私は応援できない。アナベルが王太子の幸せを願ってやまないように、私はアナベルの幸せを願う者のひとりだから。

「あの、王太子殿下、せっかくですが――」

「アナベル、別に、決めるのは今日でなくてもいいんだ。一年後でも、十年後でも。君の気持ちが変わらない間は、ずっと待っていられるよ」

王太子殿下のその言葉を聞いた瞬間、アナベルの眦《まなじり》から涙が溢れる。ぱちぱちと瞬くと、頬を伝って零れていった。

「アナベル、すまない。泣かせるつもりはなかった」

「い、いえ……」

ハンカチを差し出すと、アナベルは涙を拭《ぬぐ》う。そして、強気な彼女の言葉とは思えない難題をふっかけてきたのだ。

「ミラベル、もう、どうすればいいか、わからないの。あなたが、決めて」

「え!?」

「きっと、ミラベルが決めたことが、わたくしが望んでいる未来だと思うの。お願い」

「お……おお」

どうしてこうなった。思わず頭を抱え込む。

アナベルが王太子殿下と結婚するかどうか、私がここで決めなくてはいけないようだ。

「えー、その、えーっと、ですね」

王太子殿下とアナベルが、縋るように私を見つめる。

もう、答えは出ているようなものだろう。

仕方がないので、ふたりの気持ちを代弁することとなった。

「アナベルは、王太子殿下と結婚します！」

言い切った瞬間、アナベルは私に抱きつき、耳元で「ミラベル、ありがとう」と感謝の気持ちを囁いた。

「アナベル、本当に、私と結婚してくれるというのか？」

「はい。わたくしでよろしければ」

「ありがとう」

今度こそ、ふたりの世界となるのだろう。立ち上がって退室しようとしたが、腰を浮かせた瞬間にアナベルに腕を掴まれた。低い声で「そこにいなさい」と命じられる。

先ほどまでの殊勝《しゅしょう》なアナベルはどこに行ってしまったのか。

帰ってきてほしい。

そんなわけで、アナベルは無事、王太子殿下との結婚を決めた。

あのあと、王位継承権を返上したので、これからはシンプルに殿下としか呼べないだろう。

アナベルもまた、殿下と呼ばれるような身分になる。

まさか、アメルン伯爵家から王族が誕生するなんて。

結婚式は私と同じ日がいいと、アナベルが希望したらしい。

華々しい王族と美しき伯爵令嬢の結婚式は、大いに注目が集まるだろう。

その合間に、私とデュワリエ公爵の結婚式をささっと執《と》り行いたい。

個人的には目立ちたくないので、合同結婚式は大賛成だった。

と、安請《う》け合《あ》いしていたのだが、結婚式当日――どこぞの新聞社が〝伯爵家の美人姉妹、ついに結婚‼〟という記事を出したせいで、礼拝堂に見物客が押しかけてしまった。

死ぬほど目立ってしまったことを報告する。

私の人生、どうしてこうも思うように進まないものか。

しかしまあ、アナベルの幸せそうな横顔を見ていたら、どうでもいいかと開き直ったのだった。

# 第六話目だけれど、結婚式を執り行います！

刻一刻と、デュワリエ公爵と私の結婚式の日にちが迫る。

婚礼衣装の手配や招待客のピックアップ、招待状作りなど、やらなければならないことは山のようにあった。

まず、婚礼衣装はお揃いにしたい。なんてアナベルが望んだので、母と伯母が揃って裁縫師を家に招いたのだが——。

「こっちの布がいいわ。絶対、アナベルに似合うと思うの」

「そっちはダメよ。うちのミラベルは似合わないわ」

母と伯母は双子の姉妹であるが、趣味はまったく合わない。そのため、生地選びから正反対の意見を出し合い、裁縫師を困らせてしまう。

「ミラベル、わたくし達で決めましょう」

「それがいいかも」

姉妹喧嘩をしている傍で、アナベルと布を選ぶ。

「もっとも人気なのは、シルクですね」

真珠のような美しい照りがあり、繊細なドレスに仕上がるようだ。

「こちらのサテンも、最近は注目が集まっています」

繻子《しゅす》織りで作られた布地で、なめらかな光沢が特徴らしい。そこまで値段は高くないが、見栄えよく仕上がるのだとか。

「シャンタンなんかも、最近は評価が高まっています」

絹と絹の玉糸で織る布地のようだ。華やかでシックな雰囲気に仕上がる。

「こちらはチュールといいまして、レースのような網目状の布地になります。スカートなど重ねて作ると、ふんわりとしたシルエットになるんですよ」

他にも、チュールに似た透け感のあるオーガンジーや、生地の張りと光沢が美しいタフタ、手触りのよいベロアに、生地が生クリームみたいになめらかなシフォンなどなど。説明を聞いていると、どの布もすてきだと思ってしまうので困る。

アナベルは鋭い目つきで、布を見比べていた。

ちなみにアナベルの母は絹がいいと主張し、うちの母はサテンがいいと主張しているようだ。

「アナベルはどれがいいと思う？」

「そうね。ミラベルは？」

「私は、どうしようかな～」

「あなた、わたくしが選んだものにしようとか考えてないわよね？」

「あ、バレた？　だって、アナベルってば趣味がいいんだもの」

「自分の意見を、しっかり持ちなさい」

「はーい。だったら、いっせーのーで、自分がいいと思うほうを指さししようか？」

「いいわね」

声を揃え、気に入った布を指さす。アナベルはシャンタンを選び、私はチュールを選んだ。母親同様、私達の趣味はまったく合わない。

「やっぱり意見が合うわけないよね」

「ええ」

裁縫師が持ってきたデザイン画に、アナベルが視線を落とす。ひとつは胸回りと背中がレースで覆われたマーメイドラインのドレス。もう片方は、チュールで作ったスカートを幾重《いくえ》にも重ねたボリュームのあるデザインのドレス。

「そうだわ。シャンタンとチュールを使って、このふたつのデザインを合わせたような婚礼衣装を作るのはいかが？」

「あ、いいかも。さすがアナベル！」

伯母と母が喧嘩している間に、ドレスの案が固まった。

「お母様、叔母様、ドレスの生地とデザイン、決まったわよ」

「いつの間に⁉」

「どういうことなの⁉」

仲良く話し合って決めたと言うと、なんだか悔しそうにしていた。

続けて、ヴェールの形を決めて、リボンやレースも選んでいく。

センスのいいアナベルに任せたかったが、私の意見も取り入れようといろいろ聞いてくれた。

そんなこんなで、丸一日かけて婚礼衣装について話し合った。座って布を選び続けただけなのに、くたくたである。こんなに時間がかかるなんて、想像もしていなかったのだ。

裁縫師曰く、私達よりも長い時間吟味する人もいるらしい。こだわりが強いと、ドレスの製作にも時間がかかると。

結婚は一生に一度である。熱を入れてしまうのも、わからなくもない。

「ミラベル、あなたは明日、〝エール〟で仕事なんでしょう？　早く帰って休まないと」

「そうだね」

母と共に、帰宅する。本当に、長い一日であった。

〝エール〟への出勤も久しぶりだ。結婚式の準備があるからと、お休みをもらっていたのだ。

出退勤は公爵家の馬車が護衛付きで行っている。至れり尽くせりなのだ。

誘拐事件以来、デュワリエ公爵は過保護になっていた。休日にでかけるときも公爵家の馬車を使えだとか、むしろデュワリエ公爵を呼べだとか、いろいろ申し出てくる。

気軽に外出できていた時代が、遠い昔のように思えた。

毎日の変化は、デュワリエ公爵の過保護だけではない。

社交界の人々の私を見る目も、大きく変わった。これまでは夜会に参加しても声なんて誰もかけてこなかったのに、今ではひっきりなしに話しかけられてしまう。

皆、どうやって〝暴風雪閣下〟と呼ばれるデュワリエ公爵を陥落《かんらく》させたのか知りたいようだった。

従姉のアナベルを熱演していたつもりだったが、ただの面白い女になっていた。その結果、デュワリエ公爵の心を射止めた、なんて言えるわけがない。

今になって、アナベルが社交界にうんざりしていた理由に気付く。

自分に強く興味を持たれるというのは、精神的に疲れるのだ。

これまで楽しくアナベルの身代わりをできていたのは、他人事だったからなのだろう。

アナベルの気持ちをわかっていなくて、本当に申し訳なかったと心の中で謝罪する。

と、ぼんやり考え事をしているうちに、目的地の前で馬車が停車した。

御者と護衛に感謝の気持ちを伝え、馬車から降りる。今日も元気に出勤だ。

建て替えたほうがいいのではと思うほどの軋む廊下を歩いていると、カナンさんと鉢《はち》合わせる。

元気よく挨拶してくれた。

「ミラさん、おはよう！」

「おはようございます」

「いい天気だねえ」

「本当に」

〝エール〟の人々は、私がデュワリエ公爵の婚約者であっても態度は何ひとつ変わらない。ありがたい話である。社交界での変化を目の当たりにしているので、感謝の気持ちしかない。

デュワリエ公爵が人材集めをしたという〝エール〟は、家名を名乗るのを禁じている。能力だけを評価する会社なので、誰も個人にある背景の事情なんて気にしていないのだろう。

「工房長は、作業場に引きこもって何かしているみたい。集中しているのか、声をかけても反応なしだって」

「そ、そうでしたか」

ここ最近、デュワリエ公爵は工房に閉じこもって何か作っているらしい。作業中は誰の入室も許さないと宣言しているようだ。

「日の出前からやってきて、六時間くらい引きこもっているそうだよ」

「それは、困りましたね」

軽食でも飲み物でも、何か口にしたほうがいいだろう。

最近、デュワリエ公爵は多忙を極めている。結婚式の準備に加え、〝エール〟の仕事が重なり、さらに王宮での仕事が積み上がる。

王太子殿下改め、シャルル殿下が王位継承権を返上したために、王宮もごたごたしているようだ。

そのため、今日みたいに無理・無茶・無謀としか言えない状態で工房に閉じこもる。

中から引っ張り出すのは、だいたい私の仕事であった。

今日も、紅茶とマリアさんが作った温室キュウリのサンドイッチを持ち、デュワリエ公爵の工房へと向かった。

先日は何かのデザインを猛烈に描いていた。今日は——カン！　カン！　カン！　と金属を打つような音が聞こえる。

音が鳴り止むタイミングを見計らって、工房の扉を叩きながら声をかけた。

「工房長！　お飲み物と軽食をお持ちしました。休憩にしましょう」

……反応はない。いつもだったらすぐに出てくるのに、今日は返事すらしなかった。

続けて呼びかけても、反応はなし。このままでは、倒れてしまうだろう。

再び、金属を打つ音が聞こえる。もしかしたら、極限まで集中しているので、外からの声を脳内で遮断しているのかもしれない。これだから天才は困る。

こうなったら、強制入室するしかない。ひとまず、手にしているお盆を傍にあった花台に載せ、扉を開いてみた。

ほんの少しだけ開いただけなのに、ムッと熱気が流れてくる。

何事かと思って覗き込むと、デュワリエ公爵は金槌を握り、一心不乱の表情で金属を叩いているではないか。

「た、鍛造！」

私の叫びに、デュワリエ公爵はびくりと肩を揺らす。

「……ミラ?」

「はい、そうです」

「なぜ、ここに?」

「六時間ほど飲まず食わずのまま作業しているというので、声をかけにきたのですよ」

「そんなに経っていたのですね」

振り返ったデュワリエ公爵は、明らかに疲れている様子だった。働き過ぎなのだろう。

「このままでは、結婚式を迎える前に儚《はかな》くなってしまいますよ」

「ええ、しかし、まだ婚約指輪も完成していなくて」

「はい?」

「このままのペースだと、結婚式までに結婚指輪が仕上がらないなと」

「その指輪、もしかして――」

「私達の指輪です」

その場にずっこけそうになった。まさか、婚約指輪と結婚指輪を手作りしていたなんて。しかも、金属を打つところから始めている。こだわりすぎだろう。

「シャルル殿下から結婚指輪も依頼されているのですが、そちらも完成していなくて」

「そ、そっちを優先してください」

「勤務時間には、そちらを優先しています」

今はプライベートな時間であると、デュワリエ公爵は主張する。たしかに、勤務時間にはなっていないが。

アナベルがルビーの婚約指輪を賜っているのを見て、そういえば貰っていないなと思っていたが、まさか自作しているとは夢にも思っていなかった。

「どういうデザインになるのですか？」

「五百パターンほど考えまして、こちらがもっともミラに似合うのではないかと」

「ご、五百パターン⁉」

その情熱を、もっと体を休ませることに使ってほしいと切に願う。

「内包物《インクルージョン》やヒビ《フラクチャー》がない完璧なエメラルドを、発見しました。それで、婚約指輪を作ります」

なんだか、とてつもなく高価な一品が完成しそうな気がする。

エメラルドという宝石は、内包物やヒビが入っているのが当たり前と言われている。「人とエメラルドに完璧なものはない」という言葉さえあるくらいだ。

「これが、デザインです」

「わ……！」

八角形のエメラルドは、透明度を引き立たせるカットらしい。

銀の台座に納まったエメラルドに、リング部分は蔓《つる》が絡んでいるような精緻なデザインが描かれている。

神が造りし至高の宝物にしか見えなかった。

「いかがですか？」

「とても、すてきです」

「よかった。ちなみに、結婚指輪は千パターンほど考え、決定したものです」

「え？」

「楽しみにしていてください」

「いや、なっ……千⁉」

いったいなぜ、千種類も描いたのか。天才の行動に疑問を持つのは無駄なことなのだろうが。

そんなことはさておいて。

デザインを見ていると、私も指輪や首飾りを作ってみたくなる。最近忙しくしているので、〝ミミ〟の装身具の製作時間がなかなか取れないのだ。

続けて、結婚指輪のデザインも見せてもらう。今までの〝エール〟になかった、大人っぽい指輪だった。

「矢車草の青色《コーンフラワーブルー》のサファイアを、見つけたんです。ミラの瞳の色に似た、美しい青を」

矢車草の青色といえば、〝青の中の青〟と呼ばれているサファイアの貴重色だ。やわらかく、清《せい》楚《そ》な青だと以前アナベルが話していたのを覚えている。

「私には、とてももったいない宝石だと思うのですが」

「そんなことないですよ。きっと、似合います。婚約指輪が完成しだい、こちらも製作に取りかかりますので」

ぼんやりとデュワリエ公爵のまつげの長さを眺めているうち、ハッと気付く。ここにはお喋りをしにきたわけではなく、飲み物と軽食を届けにきたのだ。

「あの、軽食を召し上がってください。紅茶は、淹れ直してきますので」

「別に、いいですよ。外で食べましょう」

工房から、サンルームに移動する。太陽の光をさんさんと浴びたら、色素が薄いデュワリエ公爵は辛いのではないか。などと思っていたが、サンルームの近くに大きな木があって直射日光を遮っているようだ。

ポカポカと暖かいサンルームで、デュワリエ公爵とキュウリのサンドイッチを食べる。

それだけの時間なのに、なんだか心癒《い》やされてしまった。

◇　◇　◇

それから、私とアナベルは怒濤《どとう》の毎日を過ごす。

結婚式の準備がこんなに大変だとは、夢にも思っていなかった。

途中から、フロランスが泊まり込みで手伝ってくれるようになる。神様、天使様、フロランス様と感謝の祈りを捧げたのは言うまでもない。

そんな状況の中、デュワリエ公爵が結婚指輪を完成させたのは結婚式の前日であった。

直前まで工房にこもっていたのだろう。服はヨレヨレで、髪もボサボサだった。いつもの、貴公子然とした様子はどこにも見当たらない。

「すみません、もっと、きちんとした恰好で来たかったのですが……一刻も早く渡したくて」

差し出された木箱に収まっていたのは、矢車草の青色のサファイアの耳飾りと指輪。もう一つ、差し出された正方形の木箱の中身は、同じようにサファイアを使ったティアラ。

「これ、一揃えの装身具だったのですか？」

「ええ。私がいちから作ったのは指輪だけで、耳飾りとティアラは〝エール〟の職人が仕上げたものになります」

「そう、だったのですね」

サファイアとダイヤモンドが贅沢に使われたティアラに、リボンの銀細工にサファイアの粒が鏤《ちりば》められた耳飾り、そしてデュワリエ公爵特製の指輪。

なんてすばらしい装身具の数々なのか。自然と、涙が溢れてしまった。

「ミラ、どうしたのですか？」

「こんなにすてきな品を作っていただいて、私は、幸せ者だなと」

「私のほうこそ、幸せ者です」

明日、私はデュワリエ公爵と結婚する。

公爵家に迎えられるに相応しい花嫁になろうと、心から思った。

◇　◇　◇

そして、ようやく迎えた結婚式当日――私とアナベルはお揃いの婚礼衣装をまとって礼拝堂へ向かう。

アナベルはルビーのティアラに耳飾りを着けていた。やはり、アナベルは赤がよく似合う。私のサファイアと対照的だと思った。

控えめな化粧なので、私とアナベルは双子のようにそっくりである。

「なんだか不思議な気分。アナベルと一緒の日に結婚するなんて」

「そうね。双子のお父様やお母様達でさえ、別々の日だったのに」

自分のことでいっぱいいっぱいで、アナベルの結婚について深く考えていなかった。

こうして婚礼衣装を着た姿を見ると、なんだか寂しい気持ちになる。

「やだ、どうしよう。もう、アメルン伯爵家の本家に行っても、アナベルはいないんだ。寂しい！」

「あなただって、いなくなるじゃない」

「そうだった」

アナベルの手を握り、何度も感謝の気持ちを述べる。

「ねえアナベル、ありがとう」

「なんのお礼よ」

「アナベルのおかげで、これまでの人生が楽しかったから」

「一生の別れみたいなことを言わないでちょうだい」

「そうだけれど」

これまでみんなのアナベルだったのに、これからはシャルル殿下のアナベルになってしまうのだ。

「やっぱり、寂しい！」

そう叫ぶと、アナベルは私をぎゅっと抱きしめてくれた。

「寂しがらないでちょうだい。私も、あなたがいない人生は、つまらないから。遊びに行くし、遊びにきなさい」

「う、うん！」

こうして、私達は別々の男性へと嫁いでいく。

これまで、私の人生は日陰《ひかげ》ばかり歩いていたと思い込んでいた。

けれどそれは間違いで、日向《ひなた》を歩くアナベルを羨むあまり、自分の人生に差し込む光に気付いていなかったのだ。
今、私の歩む人生は、眩いくらい光り輝いている。
今度はよそ見をせずに、まっすぐ歩いて行こうと思った。

## 番外編　デュワリエ公爵の独り言

子どものときから、社交というものが苦手だった。

上っ面だけの会話を交わし、人脈を広げ、社交界においての立ち位置を得る。その仕組みが、どうしても馬鹿らしく、意味のないものに思えてならない。

この世がもっとも重要視するのが、まず家柄。

歴史がある家ほど、もてはやされる。

次に重要なのは、社交性だというのだ。

能力なんて、関係ない。

仕事はできないが口の巧《うま》い者と、仕事はできるが口下手な者。出世するのは決まって前者だ。

こんな社会の仕組みなんて、間違っている。

大人になったら、いつかこんな社会を変えてやると息巻いていた。

だが、大人になっても、社会は変わらない。

相も変わらず、社交界は口が巧い者が都合よく回していた。

人生の転機は、両親の死だった。

爵位を継ぐと、任される仕事もガラリと変わった。

これまでの仕事はなんだったのかと、周囲に尋ねたい。

仕事はコツコツ成果を積み上げ、認められるものではない。自らの持つ爵位によって変わるらしい。本当に馬鹿げている。そう思いながら、日々任された仕事を無難にこなしていた。

喪《も》が明けると、結婚を！　という声が頻繁に聞こえるようになる。

うっとうしいとしか思わなかった。

それと同時に、妹フロランスの結婚相手はどうするのか、という声も聞こえるようになった。

フロランスの結婚相手を、兄である自分が探さなければならないのかと、愕然《がくぜん》としてしまう。

まだ、フロランスは子どもだ。そう答えても、一年後は社交界デビューを控えている。そうなったら、結婚を申し込む者が殺到するだろうと。

社交界デビュー前に婚約者を決めていたら、結婚の申し込みも煩《わずら》わしくない。そんな助言を受けても、フロランスの結婚相手を探す気にはなれなかった。

フロランスは病弱だ。

一ヶ月の半分以上、寝込んでいるような娘が、結婚なんてできるわけがない。

そう言って断り続けていたら、病弱な妹を持って気の毒に、と同情と憐憫《れんびん》の目で見られるようになった。

別に、結婚だけが幸せの形ではないだろう。フロランスの幸せの形は、本人にしかわからない。

不幸だと決めつける人々に、腹が立つ。


それから、父の代わりにフロランスの社交界デビューの準備を行う。

こういうのは、母親が率先してするのだが、残念ながら亡くなってしまった。

かといって、親しくもない親戚を呼んで準備させるのもどうかと思う。

フロランスは人見知りをするので、気心の知れた自分が担うのが一番だと考えたのだ。

不幸だと噂される妹が、世界一幸せに見えるドレスや装身具を用意しよう。

当時は躍起になっていた。

フロランスに似合うドレスの生地を染めるところから作らせ、国一番の裁縫師に製作を依頼する。

悩ましいことにフロランスが「お兄様がいいと思う品を」と言うので、髪飾りもオーダーメイドで作らせた。

最大の問題は、装身具だった。何十、何百と一揃えの装身具を見たが、どれもフロランスには似合わない。

そもそも、世に出ている装身具は、大人の女性に似合うよう作られている。

社交界デビューを果たす年頃の少女が身につけても、どこか浮いて見えるのだ。そんな少女をもう何人も見てきた。

フロランスの社交界デビューは二度とない。彼女が完璧な姿でデビューできるよう、イメージを描いてみた。それを宝石商に見せたところ、「このような品は見たことがない。オーダーメイドで作るべきだ」と訴える。

素人のデザインを実際に仕立てるなど許されるのか。迷う気持ちもあった。

しかしながら宝石商が強く勧めるので、一式を作らせたのだ。

結果、その一揃えは想像以上に見栄えよく仕上がり、フロランスによく似合っていた。

宝石商の言葉は間違いなかったのだ。

頑張りの甲斐《かい》あって、フロランスの社交界デビューは大成功だった。誰もが、美しく立派な娘であると口にしていた。

だが、一連の出来事が思いがけない方向へ転がっていく。

宝石商にフロランスが身につけていた一揃えの注文が殺到したらしい。

ブランドを立ち上げて、販売を始めないかと交渉を持ちかけてきたのだ。

あの一揃えはフロランスのためにデザインしたものである。髪や瞳の色を考慮して完成させたものなので、他の令嬢に似合うわけがない。

そうきっぱり訴えたものの、それでもいいから手にしたい者が多くいるのだとか。

王宮の仕事も忙しくなってきた。装身具のデザインなんてしている場合ではないのかもしれない。

けれども、宝石商はどうしても商売にしたいと訴えている。

どうしようかと迷っていたところ、フロランスが「お兄様の装身具を、もっと見てみたいです」

と背中を押すようなことを言った。

フロランスが望むのならば、やらなければならないだろう。

そんな経緯で、装身具のブランド〝エール〟が誕生した。

首飾りや耳飾りをデザインするときは、基本的にフロランスに似合うものをというテーマで考える。不思議とデザインは次々生まれ、職人達の手によってどんどん商品化されていった。

そうこうしているうちに、社交界デビューは〝エール〟の装身具を着けて参加するのが最先端、とまで囁かれるようになる。

〝エール〟の装身具が好評を博せば博すほど、フロランスと過ごす時間は少なくなっていった。

そんな状況でも、フロランスは〝エール〟の仕事を応援してくれた。


あっという間に月日は流れ、また社交界デビューを迎える令嬢達の集まる夜会が開かれる。

このときは珍しく、フロランスも参加していた。なんでも、〝エール〟の装身具を身につけて参加する令嬢達を見たかったのだとか。

しばらくフロランスと一緒にいたものの、人が集まってくると「ちょっと休んでくる」と言っていなくなった。

一時間ほど貴族として大事な社交に付き合い、その場を去る。フロランスはどこに行ったのか。見渡しても、見つからない。

ふと、壁際にいるひとりの娘に視線を奪われる。年頃は十七、八歳くらいか。

なぜ、その娘を見てしまったのかといえば——頬を染めつつ、〝エール〟の装身具に、触れていたから。

まるで大事な物に触れるように、胸元に輝くダイヤモンドのペンダントトップに触れていた。

なぜ、誰にも目もくれず、ひとりでああして装身具に触れているのか。

もしかして彼女も社交が苦手で、夜会の場に居場所が見つからず、ああして手遊《てすさ》びをして時間を潰《つぶ》しているのだろうか。

その様子はどこか扇情的で、目が離せなくなった。

こうして女性を見つめるのは、褒められた行為ではない。

彼女は、どこの誰なのか。背後より名前を呼ばれ、一瞬目を離した隙にいなくなってしまった。

その後、会場を探してみるものの、見つけることはできなかった。

彼女の特徴を、ほとんど記憶していなかった。心の中で反省する。

帰りの馬車の中で、フロランスは珍しく興奮した様子だった。なんでも、友達ができたと。

人見知りをするフロランスと仲良くなれる女性なんて、貴重な存在だろう。

どうか長く、付き合ってほしいと願ってしまった。

それからというもの、ふとした瞬間に夜会で見かけた女性の姿が脳裏に浮かぶ。夜会で見た様子が、頭から離れなかったのだ。

どこの誰かもわからない上に、特徴も曖昧《あいまい》。

探偵を使っても、探し当てることなどできないだろう。

数日経つにつれ、何か引っかかりを覚える。

その理由はすぐに判明した。十七歳か十八歳くらいに見えた女性に、〝エール〟の装身具は似合っていなかったのだ。

それも無理はない。〝エール〟は社交界デビューを果たす十五歳から十六歳の女性が似合うように作ったブランドだから。

もしも彼女が身につけるならば――イメージが湧いて、次から次へとデザインを描いていく。

仕事用に描いたものではなかったが、〝エール〟の職人に見つかって作ることとなった。

完成した装身具も、たちまち人気となる。

これまでの〝エール〟の装身具と傾向が違うため、ブランド内で種類分けを行った。

社交界デビューをする娘用の装身具は、〝ピュア・ローズ〟。

十代後半用の装身具は、〝エレガント・リリィ〟。

どちらも、売り上げは負けず劣らずの勢いだという。まさか、夜会での出会いが新たなアイデアに繋がるとは思ってもいなかった。

次、彼女に会ったら絶対に話しかけよう。

そう決意していたのに、夜会で見かけることはなかった。


それからしばらく経って——彼女に再会する。

驚くべきことに、その女性は婚約者であるアナベル・ド・モンテスパンだったのだ。

以前見かけたときとイメージが異なるが、あの装身具に触れる手つきを見間違えるわけがない。

おまけに彼女は、〝エール〟の大ファンだという。

このような偶然があるのだろうか。

戸惑いと喜びが、同時にこみ上げる。

ここで、自分が〝エール〟のデザイナーだとうちあけたら、どんな表情を浮かべるのか。

話そうとした瞬間、アナベル嬢は突然涙を流し始める。

何か、失礼があったのか。考えている間に、彼女は部屋からいなくなった。

一緒に来ていた侍女も、ぺこりと会釈していなくなる。

最後に残った感情は、困惑であった。


それから、アナベル嬢との付き合いが始まる。

彼女は一言で表すならば、とても賑《にぎ》やかな娘だった。一緒にいて、楽しんでいる自分に驚いたのは一度や二度ではない。

アナベル嬢が婚約者で本当によかった。

フロランスの体調もよくなり、順風満帆《じゅんぷうまんぱん》そのものだと思っていたが——ある事件に巻き込まれる。

デュワリエ公爵家の政敵であるフライターク侯爵が、アナベル嬢を誘拐したのだ。

最初に異変に気づいたのは、アナベル嬢だった。

アナベル嬢が誘拐されたのに、目の前にアナベル嬢がいる。

ただ、彼女はよく知るアナベル嬢ではなかった。

ここで、アナベル嬢を巡る事情について説明がなされる。なんと、彼女が本物のアナベル嬢らしい。いつも会っていたのは、アナベル嬢の従妹ミラベル嬢だという。

振り返ってみれば、彼女の行動や言動におかしな点があった。

ずっと、彼女を愛らしいと思う余り、違和感を引きずらなかったのだろう。

何はともあれ、ミラベル嬢を救いに行かなければならない。彼女を誘拐したのは、フライターク侯爵に決まっている。

おそらく、連れ込んだ先は最近フライターク侯爵が購入した別荘だろう。怪《あや》しい男たちを雇い入れたという噂話を耳にしていたので、護衛をアナベル嬢に付けていたのに。

まさか、本物のアナベル嬢に護衛が付いて、役に立たなかったとは。

急いでフライターク侯爵の別荘に向かう。

目に飛び込んできたのは、広い湖。そして、アナベル嬢の首を絞めるフライタ一ク侯爵。

フライタ一ク侯爵を殴り飛ばし、ミラベル嬢を救出する。

すっかり化粧が剥がれ落ちたミラベル嬢は、よく見知った娘にとても似ていた。

それは、〝エール〟で雑用係を務めていた地味な娘。

軽食や飲み物を改良したり、執務部屋を過ごしやすくしてくれたり、小まめに掃除をしてくれたり。明るく働き者だと評判の、〝ミラ〟だった。

どうしてずっと傍にいたことを気付かなかったのか。

気を失った彼女を見ていたら、涙が零れる。

大事に抱きしめ、公爵家に連れて帰った。


以上が、妻となったミラベルとのなれそめである。

あるときはアナベル嬢に、またあるときは〝エール〟の雑用係ミラ、またあるときは、フロランスの大親友ミラベル嬢――と、妻はたくさんの顔を持っていた。

そのどれもが、今となっては愛おしいと思う。

ミラベルと歩む人生は、光に溢れていた。

## 番外編　身代わり伯爵令嬢でしたが、人妻になりました！

いろいろ……本当にいろいろあって、私はデュワリエ公爵に嫁いだ。

豪華絢爛な結婚式は今でも夢なのではないかと思ったが、目の前に存在し続けるデュワリエ公爵が現実だと訴えているような気がした。

私の生活は大きく変わる――と思いきや、そうでもなかった。

夫となったデュワリエ公爵と一緒に〝エール〟に出勤して仕事をして、お昼過ぎには帰宅してフロランスと過ごす。そして夜はのんびり家族で夕食を食べるのだ。

変わったことと言えば、私が個人で製作していたブランド〝ミミ〟の活動か。結婚する少し前からフロランスが仲間に加わり、ブランド名も〝ミミ・ルル〟に変更となる。

装身具に使うパーツやカラーガラスも既製品ではない。職人に注文して作ってもらっているので、今は完全オリジナルと言えるのだ。

ゆくゆくは店舗《てんぽ》を持つことを目標に、フロランスと一緒にせっせと頑張っている。デュワリエ公爵も仲間に加えてほしそうだったが、〝エール〟の活動がおろそかになっては困るので参加はご遠慮いただいていた。

生活環境が変わって落ち着いたころ、私とデュワリエ公爵は新婚旅行を決行する。

と言っても、領地へ視察に行くだけなのだが。

フロランスも一緒に行こうと懇願したものの、彼女は首を縦に振らなかった。

〝ミミ・ルル〟の新作発売が控えているので、フロランスは王都にいたいらしい。

思わず、「仕事と私、どちらが大事なの⁉」とフロランスに問いかけてしまった。

決断を迫られたフロランスは、やわらかく微笑みながら「ミラベルが大事ですよ」と言ってくれる。ただ、新婚旅行には同行してくれないようだ。

フロランスに見送られ、私とデュワリエ公爵は王都を旅立った。

デュワリエ公爵の領地は、馬車で三日走った先にある広大な農耕地。

名産はワインで、見渡す限りのブドウ畑が広がっているらしい。

これまでは年に一度領地を視察していたようだが、ここ最近は仕事が忙しくて行けていなかったようだ。カントリーハウスも、親戚に管理を任せっぱなしだったと。

領地に建つカントリーハウスは、王都にあるタウンハウスよりも規模が大きいらしい。いったい、どのような佇《たたず》まいなのか。気になってしまう。

「そういえば、この旅行に、フロランスも誘っていたようですね」

「ええ、まあ」

通常、貴族の新婚旅行は家族も同行する。親戚への顔合わせの意味合いが大きい。庶民のように、夫婦ふたりで行くものではないのだ。

そう思っていたものの、デュワリエ公爵は最初から私とふたりで行くつもりだったらしい。

というのも、結婚前にフロランスから同行を断られていたようだ。

「夫婦水入らずで過ごせるように、フロランスが気を使ったようです」

「そ、そうだったのですね」

デュワリエ公爵とこうして向かい合って座るだけでも、私の胸はドキドキと高鳴っていた。

美人は三日で慣れるというが、いっこうに慣れる気配がない。

普段はフロランスを盾《たて》にしながら対話しているというのに、今日は頼みの彼女がいないのだ。

デュワリエ公爵の美しさは罪である。その美貌を、私だけが独占しているなんて。贅沢な話なのだろうが、私には過ぎたご褒美《ほうび》なのである。

「今日という日を、楽しみにしていました」

「それはそれは……ようございました」

なんだか、若様とばあやみたいな会話をしてしまう。むしろ私はデュワリエ公爵のばあや的な立場で十分なのに、まさか結婚するなんて。

最初に結婚の申し入れがあった時は、冗談《じょうだん》かと思っていた。私だけでなく、家族もそういうふうに考えていたようだ。

アナベルだけがデュワリエ公爵の求婚を信じ、「ふつつかな娘だけれど、ミラベルをどうぞよろしく」と言葉を返していたのである。

「まだ――心に距離を感じます」

「え？」

「気を許していないですね？」

「それは、当たり前ですよ。私と旦那様は、生まれも育ちも違いますから。一緒に生活している家族でさえ、心と心に距離はあるものですよ」

「それは、そうですが」

ここで馬車が停まる。休憩だろうか。侍女や近侍は連れてきていないので、お茶の準備は私がしなければいけない。

執事が持たせてくれたバスケットを手に取ろうとしたら、先にデュワリエ公爵が掴んで下車する。

地上から差し伸べられたデュワリエ公爵の手を取って、踏み台に足を突いて降りた。

休憩場所として停まったのは森の奥深く。美しい湖のほとりで、周辺には黄色い花がてんてんと咲いていた。

「あれは。タンポポですか？」

「いいえ、あの花はスムース・ホークスベアードです」

タンポポによく似ている花らしい。近くで見ると、タンポポでないことがわかる。

しばしタンポポに似た花を愛《め》でていたが、途中でハッとなる。お茶を淹れる準備をしなければ。

振り返ったときには、デュワリエ公爵が湯沸かし器を設置し、ヤカンに水を注いでいるところだった。

「ああ、申し訳ありません！　わ、私がやります」

「いいえ、結構です。ミラは思う存分、花を愛でていてください」

「でも、これは私の仕事ですので！」

「なぜ？」

真顔で問いかけられる。改めて「なぜ」と聞かれても、返す言葉が見つからない。

「誰か、ミラに紅茶の準備を旅先で行うよう、命令をしたのですか？」

「いいえ」

「ならば、手があいているほうが、やって当たり前なんです」

ジンと、胸が温かくなる。デュワリエ公爵のこういう公平なところは、大変尊敬している。女性だから、男性だからと役割を型に当てはめず、どちらかがやればいいという考えはすばらしいものだろう。

ただ、ふと湧いた疑問を口にしてみた。

「旦那様、ちなみに、紅茶を淹れた経験は？」

「ありますが、味に自信はないです」

バスケット目がけて走り、茶器や茶葉が入ったバスケットをぎゅっと抱きしめる。

「旦那様はお湯を沸かすだけでいいです。紅茶は、私に淹れさせてください！」

「なぜです？」

「紅茶は普段淹れない人が気まぐれにやって、おいしく仕上がるものではないからですよ！」

「そうだったのですね。ならば、紅茶はミラに任せます」

「ありがとうございました！」

バスケットを開くと、カップやソーサーが割れないように収められている。

これは最近王都で流行っている、〝ピクニックティー〟を楽しむための一式だ。お菓子は、チョコチップクッキーとメレンゲが入っている。どちらもおいしそうだ。お湯が沸いたようなので、ポットに注いだ。すかさず、ティーコジーを被せる。

「旦那様、お湯の沸かし方、ご存じなのですね。とても偉いです。うちの父や兄はできないですよ」

「使用人がいなくても、一通りいろいろできるよう、教師から教わったのです」

「なぜ、そのようなことを？」

「人が傍にいると、煩わしく思うときがありまして」

デュワリエ公爵は基本的に、他人との接触を好まない。社交界の付き合いも苦手で、ほとんど参加しないと言っていたが、ここまでだったとは。

「そのおかげで、ミラに褒めてもらえました。人嫌いが、プラスになることもあるんだな、と」

「まあ、別に人好きが正解、というわけではないですからね」

人に関われば関わるだけ、問題を引き寄せる。もちろん、悪いことばかりではないが、良いものを引き寄せるとも限らないのだ。

「なんていうか、人と人との繋がりは、不思議です。地味な人生を送るばかりだと思っていた私が、旦那様みたいな男性と結婚したので」

「私も、ミラのような女性と結婚するとは思っていませんでした」

「どうせ、旦那様は私が面白い女だから、結婚なさったのでしょう?」

「面白い、女? ミラが?」

「え、ええ。そうですよ。私は、面白いでしょう?」

「面白い、とは少し違うような気がします」

衝撃の事実である。自分を面白い女だと信じて疑っていなかったのに、デュワリエ公爵にとって私は面白い女ではなかったようだ。

「私にとってのミラは――愛おしくてたまらない、世界で唯一《ゆいいつ》の妻、です」

「無表情で、甘い言葉を囁かないでください」

表情はクールそのものなのに、言葉はどこまでも熱い。この温度差に、私はついていけていないのだ。

「あ！」

「どうかしました？」

「旦那様の言葉に惑わされているうちに、紅茶を蒸らし過ぎました！」

「私のせいなのですか？」

「旦那様のせいです！」

はっきり言いきると、デュワリエ公爵は笑い始める。

「えっ、笑っ……た？」

これまで淡く微笑むことはあったが、声をあげて笑っているのを見るのは初めてだ。

こうしていると、年相応の青年に見える。

「旦那様も、二十代前半の年若い青年だったのですね」

「普段は、どのように見えているのですか？」

「三十歳前くらい……とか」

「つまり、老《ふ》けているように見えたと？」

「いや、なんて言いますか、言葉って難しいですね」

「言葉の問題なのでしょうか？」

「そうだと思います」

たわいもない話をしつつ、すっかり渋くなった紅茶を飲む。クッキーやメレンゲが甘いので、悪くはない。

「旦那様がお湯を沸かしてくれた紅茶、おいしいですよ」

「それはよかった」

今度は、紅茶の淹れ方を習ってくるという。さすがにそこまでできなくても……と思ったが、やりたいようにやらせておく。

デュワリエ公爵も私がやりたいことは、なんでもやらせてくれるから。

「ミラ。そろそろ、出発しましょうか」

「そうですね」

休憩を入れつつ移動すること早三日――領地にたどり着いた。

どこまでも続く、紅葉したブドウの木々の間を馬車が走る。

「うわ、きれい！」

黄金の葉が、風に揺れていた。ここが、デュワリエ公爵が領する土地。なんて美しいのか。うっとりと、見入ってしまう。

初夏から秋口にかけて収穫したブドウは、すぐにワイン作りに利用される。初夏に早摘みされた白ブドウは、すでに各地に出荷されて販売されているらしい。

街では、収穫祭が行われているという。

「私、お祭りとか初めてなんです。楽しみ」

「王都の祭りは、行ったことはないのですか？」

「人混みは危ないって、アナベルが言うので行けなかったんです」

「それは、正しい判断です」

なんでも、毎年祭りのシーズンはあれこれとトラブルが絶えなかったらしい。ゾッとするような話を聞いてしまう。

「スリや窃盗《せっとう》、傷害事件と、人が多く集まる場所には犯罪がつきものでした」

「ひぃ！」

毎年厳しすぎるアナベルに抗議していたが、彼女の選択は間違っていなかったようだ。心の中で、アナベルに感謝の祈りを捧げた。

「ワインの収穫祭は、昼間であればそこまで心配する必要はありません」

「夜はどうなるのですか？」

「酔っ払いがゾンビのようにはびこる、最低最悪の状態になります」

「うわっ……」

そんな話をしているうちに、民家や倉庫がチラホラ見えてきた。地平線まで続くブドウ畑に囲まれるように、人々は暮らしを営んでいるようだ。

「古い街並みですが、ワインの歴史と共に育った領地です」

「ええ」

領地の特産品であるワインが、デュワリエ公爵家に豊かな財をもたらしているという。

石造りの家々を眺めながら、長い長い歴史に想いを馳せた。

収穫祭は広場で行われている。ちょうど人が少ない時間帯だというので、見て回ることに。

領民ばかりのお祭りだと思いきや、貴族の姿も見かける。なんでも、産地でしか飲めないワインを目的に、各地から観光客がやってくるらしい。

「特別特級単一畑で作られた、樹齢百年以上のブドウで作られたワインなんですよ」

デュワリエ公爵の言う特別特級単一畑とは、国内に十ヶ所もない伝統的な畑らしい。そこで作られた農作物は、最高級品なのだとか。

そこで栽培されたブドウは毎年ワイン十本分くらいしか採れず、領地外への販売もしていないらしい。街のレストランのコース料理にのみ出される、特別中の特別なワインだとか。

「結婚式の晩、ミラが飲んでいたワインですね」

「えっ⁉」

銘柄だとか産地だとか、気にせずに飲んでいたワインがそれだったと。もっと、特別なワインだという説明をしてほしかった。

お祭り会場に近づくにつれて、賑やかになってくる。貴族が多く出歩いているからか、誰もデュワリエ公爵が領主様だとは気付かないでいた。

お祭り会場では、さまざまな屋台があった。

ワインや干しぶどうなど、特産品を売るお店が目立っている。

ブドウ石と呼ばれる、紫色のカラーガラスで作った飾りも売られていた。

「旦那様、見てください。見たことのない、きれいなカラーガラスがあります」

「本当ですね」

店主に聞いたところ、街の工房で作っているらしい。デュワリエ公爵も知らなかったそうだ。

時間があれば、工房の見学に行きたい。

他にも、食べ物が売られている屋台がいくつかあった。

ベーコンと目玉焼きが包まれたガレットに、とろけるチーズがたくさんかかったポムフリット、リンゴのチョコレート絡めに、木イチゴのタルト――どれもおいしそうだ。

「あ、旦那様、カエルの串焼きがあります！　この辺の人達は、カエルを食べるのですか？」

「ええ。食べてみますか？」

「はい！」

カエルと聞いて「うっ！」となるものの、匂いがたまらないのだ。特徴的な足でカエルだとわかるものの、肉質の見た目は鶏肉に似ていた。

さっそく、いただいてみる。

香辛料をたっぷり塗り、表面をカリッと焼いたカエルは美味だった。味も、鶏に似ている。

「うん、おいしい！」

食べ終わったところで、スカートをクイッと引かれた。

「んん？」

足下を見てみると、小さな女の子がこちらを見上げていた。目と目が合ったとたん、気まずげな表情となる。母親と間違えたのだろう。

年頃は四歳から五歳くらいか。長い髪をリボンで結び、フリルたっぷりのワンピースを纏っていた。恰好から、貴族の娘だろうとわかる。

しゃがみ込んで質問してみた。

「お母様と、はぐれてしまったの？」

「うっ……！」

返事の代わりに、涙が零れてきた。もしかしたら、今までひとりで不安だったのかもしれない。

デュワリエ公爵が子どもを抱き上げる。視界が広がったので、子どもの涙は引っ込んだようだ。

「あなた、名前は？」

「ヴィルヘルム」

「え？」

全力で男性名だが、もしかして名前の通り男の子なのだろうか。その辺、詳しく聞かないほうがいいと思い、そのまま何も気付かなかったことにする。

「ねえヴィルヘルム、何か食べたい?」

「……いい。何も、いらない」

お腹がぐーっと鳴っているものの、今は両親とはぐれて不安で胸がいっぱいなのだろう。

「大丈夫、すぐに会えるよ」

「うん」

先ほどシビルへのお土産《みやげ》に買ったブドウキャンディをあげると、受け取ってくれた。口に含み、淡く微笑みながら「おいしい」と零す。

やはり、子どもは笑顔でなくては。

しばらく歩いていると、年若い夫婦が駆け寄ってきた。

「ヴィルヘルムーーーー!」

「おとうさま、おかあさまーーーー!」

ようやく、両親を発見した。デュワリエ公爵と共に、ホッと胸をなで下ろす。が、デュワリエ公爵の表情が硬くなった。

「旦那様、どうかなさったのですか?」

耳打ちされた内容に、ギョッとする。なんと、このご夫婦は隣国の王太子と王太子妃であると。

ということは、ヴィルヘルムは未来の国王陛下⁉

デュワリエ公爵が緊張の面持ちで夫婦に問いかけると、笑顔で頷いていた。どうやら、気さくな御方らしい。

長きに亘《わた》り隣国とはあまりいい関係ではなく、ワインを飲みたいがためにお忍びで立ち寄ったようだ。

「稀少なワインは飲めなかったし、宿は満室で泊まれないし、息子は行方不明になるし、さんざんだったよ」

やはり、ヴィルヘルムは男の子だった。女の子の恰好をさせているのは、隣国の伝統らしい。性別を偽《いつわ》ることによって、誘拐の対象にされるリスクを軽減するようだ。

ここで、デュワリエ公爵が提案する。公爵邸に宿泊しないか、と。もちろん、稀少なワインもある。相手が領主だと思っていなかった王太子夫婦は、目を丸くしていた。

「その、いいのか？　私達は――」

「ええ、歓迎します」

そんなわけで、デュワリエ公爵家のカントリーハウスに王太子一家を迎えることとなった。

突然、何の先触《さきぶ》れもなくデュワリエ公爵が国賓《こくひん》を連れて帰ってきたので、お屋敷の中は大騒ぎだったようだ。

優秀な公爵家の使用人は、急いで対応してくれた。プロの仕事である。

晩餐会《ばんさんかい》も盛り上がり、王太子妃とのお茶の時間もなんとかやりきった。

花嫁修業の成果が、ここで活《い》かされたというわけである。

知識と教養が、私を守ってくれたのだ。

何もかも終わったあと、お風呂に入って寝台に腰かける。まさか、隣国の王太子夫婦と交流するなんて、まったく想像もしていなかった。今日ばかりは、偉かったぞと自分を褒める。

デュワリエ公爵も戻ってきた。お酒を飲んできたのだろう。顔色がほんのり赤い。

早く眠るようにと、寝台をポンポン叩く。大人しく、隣に腰を下ろした。

「ミラ、今日はありがとうございました」

「なんのお礼ですか？」

「隣国との関係が、二百年ぶりにいい方向へと進みそうで」

「え、本当ですか⁉」

「ミラのおかげです」

「いやいや、私は何もしていませんよ」

「いいえ、ミラのお手柄です」

なんでも、ヴィルヘルム殿下が私を大いにお気に召したらしい。これからも仲良くしたいと両親に訴えたのだとか。

後日、正式な外交が行われるという。奇跡のような偉業であると、デュワリエ公爵は私の活躍（？）を評した。

「ミラは、幸福の天使です」

「また、旦那様は恥ずかしいことを言って――わっと！」

突然、抱き寄せられる。額に、優しく口づけされた。

じわりと、胸の中に幸せな気持ちが広がっていく。

「こういうのは、嫌ですか？」

「嫌では、ないです」

「よかった」

今度は、唇が重ねられる。

ごろんと、そのまま寝台へと倒れ込んだ。

窓から見えた月は、蜂蜜みたいに輝いていた。

甘い甘い夜を、過ごしたのだった。

# 身代わり伯爵令嬢だけれど、婚約者代理はご勘弁！　2

*本作は「小説家になろう」（https://syosetu.com/）に掲載されていた作品を、大幅に加筆修正したものとなります。
*この作品はフィクションです。実在の人物・団体・事件・地名・名称等とは一切関係ありません。


2021年3月20日　第一刷発行

著者 …………………… 江本マシメサ



イラスト …………………… 鈴ノ助
発行者 …………………… 辻 政英
発行所 …………………… 株式会社フロンティアワークス
〒170-0013　東京都豊島区東池袋 3-22-17
東池袋セントラルプレイス 5F
営業　TEL 03-5957-1030　FAX 03-5957-1533
アリアンローズ公式サイト　https://arianrose.jp/
フォーマットデザイン …………………… ウエダデザイン室
装丁デザイン …………………… 株式会社 TRAP
印刷所 …………………… シナノ書籍印刷株式会社